VINCENT
VAN GOGH

余光中讲梵高

追寻生命

[荷] 文森特 · 梵高 —— 绘

余光中 —— 著

北京联合出版公司
Beijing United Publishing Co.,Ltd.

前　言

　　本书所承载的，是绘画与文学领域中两个伟大而有趣的灵魂。其中一个，用他的绘画呈现了一个别样而灵动的世界，就是我们的画作主角——文森特·威廉·梵高。本书一共收录了梵高一生六大时期总共232 张图画（包含集合页），时间跨度为 1880 年年末至 1890 年，这短短的十年囊括了梵高这一生仓促而丰富的艺术时光，梵高也因为这十年而在往后一个多世纪的时光中，被全世界的人们广为传颂。

　　在梵高短短 37 年的人生中，他穷困潦倒，受尽世俗的冷遇与摧残。十年作画，却只卖出过一幅画作，收获了 400 法郎。在生命的最后几年，他与疯病苦苦搏斗，为人间留下了艺术的崇高与辉煌。本书根据梵高一生的创作时间与地域转换，划分出了荷兰前期、荷兰后期、巴黎时期、阿罗时期、圣瑞米时期和奥维时期等六大时期来加以不同的主题配色。荷兰前期的玫红代表青年梵高那段浪荡轻浮的生命状态；荷兰后期的棕黄承载了梵高在博里纳日矿区悲怆的宗教情怀；巴黎的鲜红意味着精神的悸动与活跃；而阿罗灿烂的明黄，则是其一生艺术灵魂最猛烈的绽放；及至圣瑞米的青绿，所呈现的是这个饱受苦难的灵魂试图回归平和的渴望；而最后奥维时期的深蓝，则代表了人间已无眷恋，画家灵魂的最终超脱之地，只在那辽阔天际之上的神圣天堂。全书画作均为高清原画扫描，也将梵高许多极具故事性的、此前国内出版物极少涉及的画作增加到了其中，充分诠释了梵高悲抑的坎坷人生及其绚丽的艺术灵魂。

本书的另一个文字主角是国内著名文学大师——余光中。从梵高离世到余光中出生，这之间相隔了 38 年的时光，而在跨越了半个多世纪后的岁月里，余光中作为国内首批翻译《梵高传》的译者，他引导中国人第一次用一种全面而感性的眼光来认识了这位举世闻名的疯子加天才。余光中先生对于梵高的认知与欣赏世人皆知，余光中先生逝世后不久，人们便在其遗世的诗句中看到了他灵魂的归属——"去追寻一个高悬的号召"。这样的号召，就像艺术之于梵高，梵高之于余光中一样，是艺术灵魂的悸动与共鸣。世间寂寞的人，最需要一只关切的耳朵去静静倾听，这种倾听穿越了时空，哪怕现实中无缘，它最终也会牵引着两个灵魂在天堂相遇！

为了让读者能够提纲挈领地快速了解梵高画作背后的艺术内涵，本书还搭配有梵高画作的相关说明性文字——背景介绍与图注。本书中，所有画作信息及资料的考证，均源于阿姆斯特丹梵高博物馆、华盛顿国家博物馆、克洛勒－穆勒博物馆、圣彼得堡埃尔米塔什博物馆、纽约大都会艺术博物馆等全球顶尖博物馆的馆藏资料和研究成果，极具收藏价值。

目　录
Contents
余光中讲梵高

代　序

1853—1890

–

006

CHAPTER
01
荷兰前期

1880.07—1883.12

–

001

CHAPTER
02
荷兰后期

1883.12—1886.02

–

025

CHAPTER
03
巴黎时期

1886.02—1888.02

–

043

| 1888.02—1889.04 | 1889.04—1890.05 | 1890.05—1890.07 |

CHAPTER
04

CHAPTER
05

CHAPTER
06

后 记
-
236

代 序　破画欲出的淋漓元气

——梵高逝世百年回顾大展记盛

一百年前，荷兰大画家梵高在巴黎西北郊外的小镇奥维，写信给故乡的妹妹维尔敏娜（Willenmina Jacoba van Gogh），说他为嘉舍大夫画了一张像，那表情"悲哀而温柔，却又明确而敏捷——许多人像原该这样画的。也许百年之后会有人为之哀伤"。

梵高写这封信时，在人间的日子已经不到两个月了。那时候，他只卖掉一幅油画，题名《红葡萄园》，而论他的画评也只出现了一篇。在那样冷漠的岁月，他的奢望也只能寄托在百年之后了。可是他绝未料到，一百年真的过去后，他的名气早已超过自己崇拜的德拉克洛瓦（Eugène Delacroix），而他的地位也已凌驾米勒（Jean-François Millet）而直追本国的前辈伦勃朗（Rembrandt Harmenszoon van Rijn）。绝未料到，他的故事会拍成电影，谱成歌曲，他的书信会译成各国文字，他的作品有千百位学者来撰文著书，为之解说。绝未料到，生前无人看得起，身后无人买得起，他的画，在拍卖场中的叫价，会压倒全世界的杰作，那天文数字，养得活当年他爱莫能助的整个矿区。绝未料到，从他的生辰（3月30日）到他的忌日（7月29日），以"梵高画作回顾展"为主题的百年祭正在他的祖国展开，热浪汹涌，波及了全世界的艺坛，包括东方。更未料到，安贫乐道的艺术苦行僧，在以画证道，以身殉道之余，那样高洁光灿的一幅幅杰作，竟被市场竞相利用，沦为装饰商品的图形。

荷兰曾经生他、养他、排斥过他再接纳他。法兰西迷惑过他又开启过他，关过他又放过他，最后又用她的沃土来承受他无助的倦体。如果在百年的长眠之后，那倦体忽然醒来，面对这一切歌颂与狂热，面对被自己的向日葵与麦浪照亮的世界，会感到欣慰呢还是愕然，还是愣愣地傻笑？其实那一具疲倦的躯壳，早已没有右耳，且被寂寞掏空，被忧伤蚕食，被疯狂的激情烧焦，久已还给了天地。他的生命，那淋漓充沛的精神，早已一灯传千灯，由燃烧的画笔引渡到一幅又一幅的作品上去了。想想看，这世界要是没有了阿罗时期那些热烘烘黄艳艳的作品，会显得多么贫穷。用一个人的焦伤换来令世界喜悦，那牺牲的代价，签在每一幅杰作上面，名叫文森特（Vincent）。直到 1948 年，美国大都会博物馆的修画师皮士（Murray Pease），在检查梵高的"柏树"组画时，还发现其中的一幅颜料并未干透，用指甲一戳，仍会下陷。这当然还是指的物质现象。但是在精神上，梵高的画面蟠婉淋漓，似乎仍湿着十九世纪末那一股元气。

梵高的生平

1853 年 3 月 30 日，文森特·梵高（Vincent van Gogh），出生在荷兰南部布拉班特省的小镇崇德（Zundert，Brabant），接近比利时的边界。父亲西奥多勒斯是一位不很得志的牧师，父子之间也不很亲近。文森特的孺慕之情寄托在母亲的身上，可是他觉得母亲对他不够关怀。在他前面还有个哥哥，也叫文森特，比他整整大一岁，也生在 3 月 30 日，一生下来就死了。母亲恸念亡儿，心有所憾，对紧接的下一胎据说就专不了心，这感觉成了梵高难解的情结，据说还经常在他的画面浮现。

在两个弟弟和三个妹妹之间，跟文森特最亲的是二弟西奥（Theo van Gogh），三妹维尔敏娜。此外他对家庭并不十分眷恋，对父亲更是心存抗拒。叔伯辈里有三个画商，生意做得不小，和文森特却有代沟。

尽管如此，梵高一生的作为仍然深受家庭的影响。身为牧师之子，他的宗教热忱可说其来有自，二十二岁起便耽于《圣经》，二十四岁更去阿姆斯特丹（Amsterdam）准备神学院的入学考试，未能通过。他立刻又进布鲁塞尔福音学校（Académie royale des beaux-arts de Bruxelles），训练三个月后，勉强派去比利时的矿区传道。从1878年的11月到翌年7月，他和矿工同甘共苦，不但宣扬福音，而且解衣推食，灾变的时候更全力救难，成了左拉听人传说的"基督再世"。从1875年到1879年，梵高的宗教狂热高涨了四年，终于福音教会认为他与贱工打成一片，有失体统，开除了他。

在失业又失意之余，梵高将一腔热血转注于艺术，认真学起画来。他开始素描矿工，临摹米勒，自修解剖与透视。也就在这时，任职于巴黎古伯画店的弟弟西奥，被他说动，开始按月寄钱给文森特，支持他的创作生涯。

从宗教的奉献到艺术的追求，1880年是梵高生命的分水岭，但其转变仍与家庭背景有关。梵高是牧师之子，也是三个画商的侄儿，曾在海牙、布鲁塞尔、伦敦、巴黎的古伯画店工作，接触艺术品从十六岁就开始了。最直接、最重大的因素当然还是有西奥这么一个弟弟。从1880年到1890年，整整十年西奥一直在巴黎的古伯分店任职，不但汇钱，还寄颜料及画具给他。何况那时的巴黎，艺坛缤纷多姿，真是欧洲绘画之都，西奥在这一行，当然得风气之先，大有助于哥哥的发展。要不是弟弟长在巴黎，梵高也不便在巴黎长住。要不是弟弟在画店工作，梵高也很难广交印象派以至后期印象派的中坚分子。而没有了巴黎这两年的经验，没有了这转型期间的观摩、启发与贯通，他就不可能顺利地接生阿罗的丰收季。

梵高一生匆匆，只得三十七年。后面的十五年都在狂热的奉献中度过：前五年献给宗教，后十年献给艺术。二十七岁那年，他放弃宗教而追求艺术，表面上是一大转变，本质上却不尽然。他放弃的只是教会，不是宗教，因为他对教会灰了心，认为凭当时腐败的教会实在不足以传基督之道。他拿起画笔，是想把基督的精神改注到艺术里来；隐隐然，他简直以基督自许。他在给西奥的信里说："米勒有福音要传；我要请问，他的素描与一篇精彩的布道词有什么两样呢？"梵高对基督的仰慕见于给西奥的另一封信："他活得安详，比一切的艺术家更成其为大艺术家；他不屑使用大理石、泥土、颜料，只用血肉之躯来工作。"梵高自觉和基督相似，不但一生的事业起步较晚，而且大限相迫，来日无多。基督传教，三十岁才开始。梵高在那年龄竟对弟弟宣称："我这一生不但习画起步恨晚，而且可能也活不了多久……也许是六到十年。"他果真仅仅再活了七年。这不是一语成谶，而是心有所许。在艺术和身体之间，他宁可牺牲身体，因为身后还有艺术。所以他告诉弟弟："谁要是可惜自己的生命，终会失去生命，但是谁要不惜生命去换取更崇高的东西，他终会得到。"

梵高是现代艺坛最令人不安的性情中人。传记家、艺术史家纷纷窥探他的童年，想用弗洛伊德（Sigmund Freud）的显微镜找出什么"病根"或"夙慧"，结果："与常童无异。"几乎所有的传记都不得不从二十岁开始，因为直到那时他的生活才"出了状况"，性格才开始"反常"，那是在 1873 年夏天，梵高在古伯画廊的伦敦分店工作。他单恋房东太太的女儿爱修拉·罗叶（Eugénie Loyer），求婚被拒，失意之余，情绪转恶，乃自放于社会之外，在画店的工作也失常起来。其后两年之中，他两度被调去巴黎分店。1876 年年初，他终于被店方解雇，结束了七年的店员生涯。

这时梵高的宗教亢奋已经升起，从 1875 年到 1879 年，四年之间信心高扬。开始他去英国的小镇蓝斯盖特（Ramsgate）与艾尔华斯（Isleworth Ait）教学童，并且间歇布道；然后回到荷兰，去艾田（Etten）的新家探望家人，又去多德雷赫特（Dordrecht）任书店的伙计。1877 年 5 月到次年 7 月，为了阿姆斯特丹神学院的入学试，他苦读了几近一年半。落榜之后，又去布鲁塞尔的福音学校受训，终于于 1878 年年底去比利时南部的矿区做了牧师。

梵高在号称"黑乡"的矿区一年有半，先是摩顶放踵，对矿工之家的布道、济贫、救难全心投入，真有救世主的担当。后来见黜于教会，宗教的狂热便渐渐淡了下来。满腔的热血在艺术里另找出路，就地取材，便画起矿工来。这时正是 1880 年，也是梵高余生十年追求画艺的开始。这十年探索的历程，以风格而言，是从写实的模仿自然到象征的重造自然；以师承而言，是从荷兰的传统走向法国的启示而归于自我的创造；以线条而言，是从凝重的直线走向强劲而回旋的曲线；以色彩而言，则是从沉褐走向灿黄。但是若从地理着眼，则十年间的行程就像一记加速的回力球，自北而南，从荷兰打到巴黎，顺势向下飞滚，猛撞阿罗之后，折射圣瑞米，再一路反弹到奥维，势弱而止。这过程，一站短似一站：荷兰是五年，巴黎是两年，阿罗是十五个月，圣瑞米整整一年，奥维，只有两个多月。

荷兰时期（1880 年—1886 年）是他的成长期，为时最久。在这期间，他从炭笔、钢笔等的素描、水彩、石版，一直摸索到油画。题材则人像与风景并重，也有静物；人像最多农人、渔人、矿工、织工、村妇等贫民，绝少"体面人物"。手法则笔触粗重，色调阴沉，轮廓厚实而朴拙，在荷兰写实的传统之外，更私淑法国田园风味的巴比松派，并曾受到他姐夫名画家安东·莫夫（Anton Mauve）的指点。1885 年的《食薯者》是此期的代表作。

五年之中，梵高先后住在艾田、海牙（Hague）、德伦特（Drenthe）、努能（Nuenen）和比利时的安特卫普（Antwep）。他需要爱情，跟女人却少缘分，谈过两次恋爱，都不成功。前一次在艾田，是追求守寡的表姐凯伊，被拒。后一次则是在努能，带点被动地接受邻家女玛歌的柔情，但在家人的反对下，玛歌险些自杀而死，以悲剧收场。中间还夹着一个妓女克丽丝汀，做他的模特儿并与他同居，几达两年之久，终于在西奥的劝告下分手。他跟父亲的关系始终不和；1885

年年初，以他为憾的父亲突然去世。

巴黎时期（1886 年 2 月—1888 年 2 月）是梵高的过渡期，也是他艺术的催化剂。不经过这阶段，梵高就不能毅然挥别荷兰时期的阴郁沉重与狭隘拘泥，而没有这两年的准备与调整，忽然投身于法国南部的灿丽世界，就会手足无措，不能充分发挥自己的潜能，来接生这光华逼人的壮观。1886 年的巴黎，印象主义已近尾声，使用点画技巧的新印象主义继之兴起。调色板的革命使北方阴霾里闯来的红头傻子大开眼界，不久他的色彩与线条也明快起来。凭了西奥的人缘，梵高结交了印象派与后期印象派的主要画家，而劳特累克（Henri de Toulouse-Lautrec）、高更（Paul Gauguin）、修拉（Georges Seurat）等最有往还，也颇受他们的启发。高更用粗线条强调的轮廓和大平面凸出的色彩，修拉用不同原色并列而不交融的繁点技巧，日后对梵高的影响很大。另一方面，笔简意活而着色与造形都趋于抽象的日本版画，这时已经风行于法国画坛，也提供他新的手法，甚至供他临摹。《老唐基》《梨树开花》等作都可印证。

在巴黎的两年，面对纷然杂陈的新奇画风，梵高忙于吸收与消化，风格未能稳定，简直提不出自成一家的代表作。1888 年 2 月，他接受了劳特累克的劝告，摆脱一切，远走南方的阿罗（Arles）。这一去，他的艺术生命才焕发成熟，花果满树，只待他成串去摘取：八年的锻炼，准备的就是为此一刻。

阿罗是普罗旺斯（Provence）的一座古镇，位于隆河三角洲的顶端，近于地中海海岸，离马赛（Marseilles）和塞尚（Paul Cézanne）的故乡艾克斯（Aix-en-Provence）也不远。普罗旺斯的蓝空与烈日、澄澈的大气、明艳的四野，使梵高亢奋不安，每天都要出门去猎美，欲将那一切响亮的五光十色一劳永逸地擒住。这是梵高的黄色时期：黄腾腾的日球、黄滚滚的麦浪、黄艳艳的向日葵、黄荧荧的烛光与灯晕，耀人眼睫，连他在拉马丁广场（lamarten）租来的房子也被他漆成了黄房子，然后对照着深邃的蓝空一起入画。有时，在人像画的背景上，例如

《阿罗女子》，也渲染了整片武断的鲜黄。有时，为了强调黄色，更衬以邻接的大蓝，一冷一热，极尽其互相标榜。有时，意犹未尽，更夜以继日，把蜡烛插在草帽上出门去作画。在这时期，他一共作了两百张画，论质论量，论生命律动的活力，都是惊人的丰收。

然而阿罗时期不幸以悲剧告终。梵高对人热情而慷慨，常愿与人推心置腹，甘苦相共，然而除了弟弟之外，难得有人以赤忱相报。他的爱情从不顺利。在同性朋友，尤其是画友之间，他一直渴望能交到知己。在巴黎的时候，他曾发起类似"画家公社"的组织，好让前卫画友们住在一起，互相观摩，售画所得则众人共享。这计划当然没能实现，可是梵高并不死心。他在阿罗定居之后，再三力邀高更从布列塔尼（Bretagne）南下，和他共住黄房子，同研画艺。高更个性外倾，自负而专横，善于纵横议论，对梵高感性的艺术观常加挖苦。梵高性情内向，不善言辞，虽然把高更当作见多识广的师兄来请教，却也坚持自己的信念，为之力争。这样不同的两种个性，竟然在同一屋顶下共住了两个月，怎么能不争吵？梵高的癫痫症酝酿已久，到此一触即发。一天夜里，他手执剃刀企图追杀高更，继又对镜自照，割下右耳，送给一个妓女。

结果是高更回了巴黎，梵高进了医院。这是 1888 年圣诞前后的事。弟弟从巴黎赶来善后，但不久癫狂又发了两次，在镇民的敌对压力下，梵高同意搬到二十五千米外圣瑞米镇的圣保罗修道院去疗养。于是从 1889 年 5 月到次年 5 月，展开了梵高的圣瑞米（Saint Rémy）时期。

他在山间那座修道院疗养了整整一年，其间发病七次，长者达两个月，短者约仅一周。清醒的日子他仍努力作画，题材包括病院内景、以柏树为主的院外风景、自画像等，并且临摹了伦勃朗、德拉克洛瓦、米勒、杜米埃（Honoré Daumier）等的三十幅作品。此时他创作不辍，固然是为继续追求艺术，也是为了对抗病魔，借此自救。1890 年 1 月，青年评论家奥里埃（Albert Aurier）在《法国水星杂志》（*Mercure de France* 后更名为《法国信使》）上发表短文，称颂梵高的写实精神和对于自然与真理的热爱。同时西奥生了一个男孩，并且追随伯父，取名文森特。3 月间，梵高在阿罗所作的画《红葡萄园》在布鲁塞尔的"二十人画展"中售得四百法郎，这些好消息都令梵高振奋。同年 5 月，他北上巴黎。经西奥的安排，他去巴黎西北郊外三十千米的小镇奥维（Auvers sur Oise）接受嘉舍大夫（Dr. Paul Fernand Gachet）的看顾。

奥维时期从 1890 年 5 月 21 日到 7 月 29 日，充满了回声、尾声。梵高仍然打起精神勉力作画，但是昔日在普罗旺斯的冲动已不再：画面松了下来，色彩与线条都不再奋昂挣扎了。余势依然可见——《嘉舍大夫》《奥维教堂》《麦田群鸦》三幅为本期代表作，也都是公认的杰作。7 月 1 日他曾去巴黎小住，探看弟弟、弟媳和侄儿文森特，并会见老友劳特累克与为他写画评的奥里埃。回到奥维，他的无奈和忧伤有增无减，只觉得心中的画已经画完，癫痫却依然威胁着余生，活下去只有更拖累弟弟。7 月 27 日下午，他在麦田里举枪自杀，弹入腰部，事后一路颠踬回到拉雾酒店。嘉舍大夫无法取出子弹。次日西奥闻耗赶来，守在哥哥的床边。文森特并未显得怎么剧痛，反而静静抽他的烟斗。第三天凌晨，他才死去。临终的一句话，一说是"人间的苦难永无止境"，一说是"但愿我现在能回家去"。

文森特·梵高是死了，但是两兄弟的故事尚未完结。文森特死后，西奥悲伤过度，百事皆废。他唯一关心的是如何宣扬哥哥的艺术，便去找奥里埃，请他为文森特写传。奥里埃欣然答应，尚未动笔，两年后却生伤寒夭亡，才二十七岁。西奥为了文森特的回顾展到处奔走，事情未成，却和古伯画店的雇主发生争吵，愤然辞职。突然，他也神经失常起来。开始还只是糊涂，后来疯得厉害，不得不加囚禁。其间他一度清醒，太太带他回去荷兰，他又陷入深沉的抑郁，不再恢复。1891 年 1 月 25 日，哥哥死后还未满半年，弟弟也随之而去，葬于荷兰，年才三十三岁。又过了二十三年，遗孀约翰娜（Johna）读《圣经》，看到这么一句："死时两人也不分离"，乃将丈夫的尸体运去奥维，跟他哥哥葬在一起。

在现实生活上，西奥这一生全被哥哥连累，最后的十年，除了得按月寄一百五十法郎的津贴给哥哥之外，还不时要供应画具、颜料及刊物之类。文森特寄给他的画，都得保存、整理，并且求售。文森特对自己的信心，大半靠他的鼓舞来支持。文森特每次出事，也只有等他迢迢奔去，善后一切。甚至在婚后加重了家累，也是如此。可是他受而甘之，从无怨言，甚至在哥哥身后，仍念念不忘为这位埋没的天才传后，这样的弟弟啊，哪里去找？天生梵高，把生命献给艺术，又生西奥，把生命献给哥哥。否则世上纵有梵高其人，必无梵高其画，今日面对《向日葵》和《星光夜》的神奇灿亮，全世界感动的观众，都要领西奥的一份情。

梵高的书信

梵高留给后世的两样东西，一是画，二是信。他的画不消说，早经公认为现代艺术的神品。他的信传后的也有七百多封，传记家可以从中发掘资料，考证日期，评论家可以探讨思想和技巧的发展，一般读者也可以从中摸到一颗敏感而体贴的热心，像这么亲切的自白，在文艺史上成为重要文献的，在梵高之前还有德拉克洛瓦的日记，之后则有劳伦斯的信札。

梵高为人木讷，拙于言辞，却勤于写信，在现实的挫折与寂寞的压力之下，把一腔情思都诉诸函札。传说中的梵高，举止唐突而情绪不稳，但是在信中他温文尔雅，娓娓动人，七百五十多封信里，写给西奥的多达六百五十二封，足见他这弟弟真是他的第一知己。寂寞的人最需要的，是一只关切的耳朵。在举世背对着他的时候，幸有西奥的耳朵向他开放，否则在绘画之外我们将少了一条直入他心灵的捷径。其余的约一百封则是写给画友与家人，计有给梵哈巴（Van Rasard）的五十八封，给贝尔纳（Emile Bernard）的二十一封，给高更的一封，给妹妹维尔敏娜的二十三封。在阿罗时期，梵高的画质高而量多，平均每周画三张。同时信也写得最勤，平均每周写两封半。两者相加，足见心智活动之盛。如果减去三次发狂住院的两个多月，则清醒的日子就更忙碌了。

梵高的绘画

书信虽然直说，却是次产品与旁证。主产品当然是绘画。那画，不落言筌却言之亲切、恳切、痛切，广义上也是一封信，不是写给一个人，而是写给全世界。梵高一生匆匆，起步习画又晚，创作只得十年，比起提香或毕加索来，不到七分之一。但是这十年的贡献，论质，不下于任何现代画家；论量，就更形多产了。从 1880 年夏天到 1890 年夏天，整十年里，荷兰（包括在比利时矿区与安特卫普）占五年半，法国仅得四年半。在法国时期，仅计油画便有六百张以上。仅计狂疾发作到自杀的那一年半，产量竟逾三百张，更多的素描还不在内。

梵高的油画在人像、风景、静物各方面都很出色，也都留下了代表作。而无论如何分类，他的作品，尤其是在阿罗以后，线条则夭矫遒劲，律动不已；色彩则此呼彼应，相得益彰；轮廓则巧拙互补，气势流畅，整个画面有一股沛然运转的节奏感。许多画家的光都是外来的，取自现实，梵高的光却发自内里，像是发自神灵的光源。

人像画在他的艺术里分量既重，成就亦高。除了《食薯者》《阿罗病院》等少数例外，他的人像都是单像而非群像。这似乎是一个限制，但是他要捕捉的毋宁正是个性与寂寞。从早期的《矿工》到后期的《嘉舍大夫》，他的像中人多为中下层阶级，不见美女贵人。他一生自放于江湖，见弃于社会，又穷得雇不起模特儿，乃成为小人物的造像者。他无命也无意取悦像中人，所以求真重于求美；真了，当然就美。他的人物可能是俗称的丑人，却因性格的力量、心灵的流露、生命的经历而蜕变，成就了艺术之美。另一方面，梵高的人像用色虚实相应，武断而有效，背景往往一扫现实，不是用满幅抽象的鲜黄（如《阿罗女子》）或浅青（如《邮差鲁兰》），便是索性放在星空下面，衬着永恒，例如《诗人巴熙》。这么一来，他的人物便自现实释放出来，变得独特而有尊严，甚至超凡入圣了。

梵高的自画像很多，变化亦富。在荷兰画家之中，他和伦勃朗前呼后应，成为多作自画像的两大例外。其实比起一切人像画家来，梵高的这类作品皆可谓多得出奇。这说明他有多么寂寞，却又多么勇于自省。除了俊男妍女外，谁喜欢注视镜中的自我呢？然而梵高的自画像，正如前辈伦翁，却严于反观自顾，往往是透过"丑"的外表来探审内在的真情，并不企图美化。那许多自画像，激烈肃峻之中带着温柔，有时戴帽如绅士（巴黎时期），有时清苦如禅师（阿罗中期），有时包着右耳的伤口（阿罗后期），有时失神落魄如白痴（阿罗后期），有时咬紧牙关睥睨如烈士，形形色色，其面目恐怕是观众印象最深的画家了。

最奇异的景象是从巴黎时期起，他的自画像在背景上出现了光圈。圣徒或天使头顶的光圈，被梵高分解成点画派手法的色彩旋涡，一层层骚动的同心圆，一股股疾转的断续圆弧，把人像围供在中央。评论家指认这是梵高自命基督的意象，出现率之高令人信服。有时他在画别人的像中也顶以光轮，他自认这画法是一大贡献，并说"我想把男女画得都带点永恒，就是以前用光圈来象征的那东西"。

梵高对前辈大师经常临摹，而效法最多的仍是人像。德拉克洛瓦的《圣母恸子图》、多雷（Gustave Doré）的《监狱内院》及米勒的《播种者》《收割者》等都是佳例。最可惜也最不解的，是这位人像大家竟未为自己的好弟弟画一张像。

风景画也是梵高的重要作品，其中尚有不少变化。论风格，早期的风景，例如《斯开文宁根海岸》，色调阴沉，比较拘泥于写实。巴黎时期的，例如《蒙马特岗花圃》，开始学印象派甚至点画派。进入阿罗时期之后，才建立了自己的风格：一种是画面开旷平静，多为远景，比较写实，例如《平畴秋收》和《桃树果园》；另一种是画面波动甚至旋转，地面起伏，众树回舞，连天上的风云也流动响应，就比较写意，也即所谓象征了，例如《橄榄林》和《星光夜》。后面这一种写意风景不但人格化，简直神格化了，颇有颂歌的意味。把以往罕见入画的群星，写意成花朵、成旋涡、成回流、成一丛金黄的太阳，真是匪夷所思，天真得入神。柏树扭旋成绿色的火焰，在向往升天。麦浪掀起整幅的鲜黄，在地上汹涌。连大地本身也在蠢动，甚至一条平凡的村道或是田间的阡陌，也翻翻滚滚，像河水一样流来。莫奈的风景虽美，仍住人境，梵高的风景却入了宗教了。对于梵高，黄色属于土地，既生万物，亦葬众生。

梵高的静物亦超越现实而具有象征，被内在的光所照亮。早期的《皮鞋》和巴黎时期的《静物与鲭鱼》虽已显示出众的感性，但是要到阿罗时期的《向日葵》、圣瑞米时期的《白玫瑰》和《鸢尾花》，才终于别创一格。尤其是那一组十二幅的《向日葵》，十四五朵矫健而焕发的摘花，暖烘烘地密集在一只矮胖的陶瓶子里，死期迫近而犹生气盎然。除了绿茎、绿萼、绿蕊的对照之外，花瓶、桌壁，一切都是艳黄，从柠檬黄、土黄、金黄到橘黄，简直是黄的变奏。色调之和谐绚烂，像是在安慰视觉的神经。

为了求变求全，梵高惯于反复探讨同一主题，所以常见同题异画，有时还很多张，而精粗也有参差，赏者不可不察。无论人像、风景、静物，都有这现象。例如《邮差鲁兰》便有两张都是半身，一张及胸，背景多花；另一张及膝，背景无花。《食薯者》除了有许多头像草稿之外，全画还有正副两张，副张比正张要差很多。

如果把家具也归入静物，则此类佳作至少还得一提阿罗时期的《梵高的卧室》《梵高之椅》《高更之椅》。《梵高的卧室》已很有名，但是那一对扶手椅赏者不多，未免错过眼福。而《高更之椅》尤其华丽之中透出神奇，构图、配色、造形都臻于至善。这是黄色时期的巅峰，此图在缤纷错锦之中仍让黄色称王。上面的深绿壁面反托出暖黄的吊烛台，下面的椅垫上也有一台插烛，金黄的光焰正在飘动。加上两本书反光的封面和绿椅垫上密密的金线，真是十分耐看。除了油画外，梵高的素描也十分可观。这些副产品有的独守自足，有的只是吉光片羽，为正规的油画做证，有的甚至随手勾在信纸上，便于说明。早期的素描多用炭笔，作风奔放，后期兼用钢笔，有的画得十分精致，透视井然。有些评论家甚至认为他始终是一位素描家，画起油画来也还是素描技法，也就是说，以线条为主。

代表作举例

限于篇幅，梵高的杰作不胜枚举，但是综观概论又嫌空泛，以下挑出几幅代表作来，略加赏析：

《食薯者》（*The Potato Eaters*）——作于 1885 年 5 月，是荷兰时期作品。梵高为这幅力作投注了很多心血。他曾屡

次为画中人素描了单独的头像和手像，其后在三月间才为群像画了一幅草稿，四月间画了油画的初稿，五月间才画出今日我们眼熟的完稿。素描、草稿、初稿都画于现场，梵高在不满之余，发现自己太贴近对象了。完稿是回去画室，凭着记忆一气呵成的。

画中人是梵高故乡布拉班特的农家，姓德格鲁特（De Groot）。一家人在煤油灯下围着桌子叉食薯块，在旧里锄土挖薯的，也就是这些筋骨暴露的糙手。楂丫的梁木、烟熏的旧墙、蒸薯的热气、污秽的桌布和上面咖啡杯的阴影，配合着一家人各就各位默默共餐的神情，烘托出一片又无奈又温馨的气氛，整个画面似乎用马铃薯的色调染成。梵高传记《尘世过客》（*Stranger on Earth*）的作者鲁宾

（Rubin）说："这是梵高对荷兰统治阶级漠视农民的证词。"我觉得就画论画，与其说那上面是对于当道的愤恨，不如说是对农家的关心。

不过鲁宾另一说倒不妨参考。据他说，梵高的父亲在此画绘成之前两个月突然去世，所以作画时梵高的心底隐然潜动着老家的回忆。表面上围坐的是德格鲁特家人，其实是他自己的家人。左手坐的是梵高自己，要是你仔细看，他的椅背上正签着 Vincent 之名。右手是他母亲，貌似专心在倒咖啡，其实是心恸亡儿，不愿接受他的关注。背对观众站在文森特和母亲中间的，正是文森特生前一胎的那亡儿，所以不见面目。当中面向观众的两人，左边是文森特的妹妹维尔敏娜，右边是父亲。妹妹一向是在文森特一边；父亲举杯向母亲，母亲却不理会。文森特的头顶，画的左上角是一座挂钟，正指着七点。其右是一幅画，隐约可见基督在十字架上，也正透露文森特的基督意识。

《老唐基》（*Pete Tanguy*）——作于 1887
年，画中人是巴黎的小画商，也是印象派画
家的死党，为人热情忠厚，也曾善待梵高。
看得出，在色彩的处理上，此画已受到修拉
点画法的引导，但是须眉、衣裤的线条已经
有自己的技法。最触目的是背后挂的日本版
画，不但显示这些画当时在巴黎多么流行，
也说明梵高多么喜欢这风格。像《老唐基》
这样的人像，日后到阿罗，在《邮差鲁兰》
等作品里表现得更为生动。

《夜间酒店》（*The Night Café*）——作于 1888 年，确是梵高夜间在现场所绘。
梵高在信中曾说"我常认为夜晚比白昼更有活力、更富色彩"，又说"第二幅画
的是一家酒店的露天座，夜蓝之中一盏大煤气灯照亮了座台，还有一角繁星的蓝

空"。色彩的对照没有比此画更艳丽夺目的了。灯光的鲜柠檬黄，佐以座台的暖橘色，气氛热烘烘的，连卵石的街道也有微明的反光。反衬这中央亮色的，是上面楼房的灰紫和下面街道的碎紫，门框和星夜的深蓝左右对峙，背景更衬以深巷的暗邃。也没有任何夜景比此画更富诗意的了。整幅画的视觉美感

简直就是一曲夜色颂。单看星空下的深巷，就足以令人出神入画，目迷于星灿如花，远远近近，都闪着颤颤的光晕，近的一些眼看着就逼近巷底的楼顶。那神秘而黑的楼影，却有隐约的灯火橘黄，从狭细的窗口漏出。百年前普罗旺斯的星光夜，就这么被一双着魔的眼睛捉住，永远逃不掉了。

《星光夜》（*The Starry Night*）——作于1889年，属于圣瑞米时期。梵高对于星空异常神往，甚至用来做人像的背景，例如那张《诗人巴熙》，似乎把像中人提升到星际而与永恒同在了。这种渴慕星空的宗教热情，到了癫狂发作后的圣瑞米时期，迸发而为《星光夜》一类的夜景，有时画面更见层月交辉。这一幅《星光夜》，人间寂寂而天上热烈。下面的村庄果然有星月的微辉，但似乎都已入梦了，只有远处教堂的尖顶和近处绿炬一般的柏树，互相呼应，像谁的

祷告那样，从地面升向夜空。而那夜空浩浩，正展开惊心动魄的一大启示，所有的星都旋转成光之旋涡，银河的长流在其间翻滚吞吐，卷成了回川。有些人熟视此画会感到晕眩。这正是梵高的感受，在此之前，他久已苦于晕眩，并向贝尔纳承认自己有惧高症。在巴黎，他的症状严重得甚至不惯于爬楼，且说感到"阵阵的晕眩，像在做噩梦"，难得的是别人也许因此而自困，梵高却把自己的病症转引成艺术，带我们去百年前也是永远的星空。

《鸢尾花》(*Field of Irises*) ——作于 1889 年圣瑞米时期。正如在阿罗画了十二幅向日葵，梵高在圣瑞米所画鸢尾花也不止一幅。另有一幅是插瓶，构图与向日葵相似，这一幅却是花圃所生，也就是近日以高价拍卖而举世瞩目的一幅。在希腊神话里，Iris 原为彩虹之女神，在纹章谱里据说鸢尾花也是法国王徽 fleur-de-lis 图案之所本。梵高未必用此联想。他后期画中的花卉，

无论是向日葵、鸢尾花，还是白玫瑰，无论茎叶或花朵，都生命昂扬，在婀娜之中透出刚健，和印象派画花的妩媚不同。这满园的鸢尾昂昂然破土而出，茎挺而叶劲，勃发的生机沛然向上，似乎破土还不够，更欲破画而去。蓝紫色的花朵衬以三五红葩，繁而不乱，艳而不俗。左角上伸过来的白葩使整个画面为之一亮，而免于过分密实；没有这白葩，就失之单调了。一簇簇的长叶挺拔如剑，叶尖的趋势使画面形成欣然向上的动感。布局上最突出的地方，便是只有近景，不留余地，予人就在花前之感。

《嘉舍大夫》(*Portarir of Doctor Gachet*) ——进入了奥维时期，作于 1890

年 6 月。梵高在奥维的十个星期里，一
共画了七十张油画，三十二张素描。其
中十二张是人像，包括嘉舍大夫和他的
家人。梵高去那小镇，原来是要就医于
嘉舍，不料医生竟然比病人还要忧郁，
而且坐立不安。嘉舍是业余画家，当代
的大画家几乎都接受过他的招待，因此
家中藏画很多。他一见到梵高的《向日
葵》，就断定是不朽之作。梵高为他画了
这幅像后，他惊喜至极，要求梵高再画
幅完全一样的送他。梵高不但再作一幅，
还用水彩又画了一遍，仍以这正本最为传神，色调也最完美。正如梵高在信中所
云，这画像的神情"悲哀而温柔，却又明确而敏捷"。嘉舍左手按着一枝指顶花
（Foxglove），右手托头的姿势，显示他有多忧烦，多疲倦。天的闷蓝、山的郁蓝，
加上翻领外套的灰紫，呼应身躯的倾斜无奈、脸上的怔忡失神，真是梵高人像中
的神品。梵高死时，嘉舍守在病床边为他画了一张瞑目的遗像，也算是无奈的报
答了吧。

《麦田群鸦》（*Crows over the Wheatfield*）——作于 1890 年 6 月，几乎是在自
杀的前夕。许多人以为这是梵高的最后作品，其实 1890 年 7 月 10 日那幅才是。
不过《麦田群鸦》确是他一生艺术的回光返照，聚力之强前所未见。就在六月间
他曾写信告诉弟弟和妹妹："迄今我已画了两幅大画，都是骚动的天色下广阔的麦
田，我根本不用特别费事，就能够画出悲哀与无比的寂寞。"

蓝得发黑的骇人天穹下，汹涌着黄滚滚的麦浪。天压将下来，地翻覆过来，
一群不祥的乌鸦飞扑在中间，正向观者迎面涌来。在放大的透视中，从麦浪激动

里，三条荒径向观者，向站在画前，不，画外的梵高聚集而来，已经无所逃于大地之间。画面波动若痛苦与焦虑，提示死亡之苦苦相逼，气氛咄咄祟人。这种压迫感跟用色的手法颇有关系，因为梵高用短劲的线条把不同的色彩相叠在一起，评论家夏皮罗（Meyer Schapiro）认为画中充满绝望，鲁宾却另有一说。他说，那绝望是用基督的口气来说的。基督钉上十字架而解脱了痛苦。梵高在想象中以基督自任，也上了十字架，所以"黑暗布满了大地"，那两条横径就是十字架的横木，而中间的斜径正是十字架纵木的下端。基督之头，亦即画家之头，却在画外仰望着天国。

寂寞身后事

梵高死后的十年间，巴黎、阿姆斯特丹等地有过六次梵高画展，其中的两次分别由他的画友贝尔纳和弟媳约翰娜所促成。这些个展并未引起多少注目，但是到了第七次，在巴黎伯尔海二世画廊展出时，却吸引了不少文艺界的精英。三十七岁的奥地利诗人霍夫曼斯塔尔（Hugo von Hofmannsthal）观后深为感动，且在信中告诉朋友：

"这位画家叫文森特·梵高。从目录所列的年份颇近看来，他应该还在人世……年纪不会比我大吧。"足见时人对他的存殁都不清楚。但是马蒂斯（Henri Matisse）、德兰（André Derain）、弗拉曼克（Maurice de Vlaminck），未来的野兽派要角，却在这次画展的揭幕礼上相逢，而且弗拉曼克还叫道："我爱梵高胜过爱父亲！"

从画展的频率，也可以看出梵高作品普及的历程。西欧各国接受他最早：1905 年，他的画展先后在巴黎、阿姆斯特丹、德勒斯登（Dresden）、多德雷赫特举办了四次。另一高潮是在 1927 年，分别展出于巴黎、海牙、伯恩（Bern）和布鲁塞尔。二次世界大战之后，梵高热又显著升温。从 1945 年到 1953 年，欧美各地一共有十二次画展，会场遍及十七个都市：高潮是 1947 年的四次，1948 年的三次。1935 年至 1936 年，梵高以巡回展方式首入美国；1949 年至 1950 年又巡回于纽约的大都会与芝加哥的艺术馆。最有意义的一次巡回展，是 1951 年在法国南部，起站是里昂（Lyon），终点竟然是阿罗与圣瑞米。六十年后，红头疯子的灵魂又回到受难的旧地，真有基督复活之叹。梵高地位之经典化，当在二十世纪四五十年代之交。

梵高早经公认为后期印象派（Post-Impressionism）四位大师之一，但是他的作品特具精神的内容，尤其是宗教的情操，与高更的神秘象征或有相通之处，但与塞尚、修拉的技巧革命不一样。他那民胞物与的博爱胸怀，透过线条的波荡、色彩的呼唤，最富于人文的感召力，所以对文学家最能吸引，也较能感动广大的观众。

在艺术界，梵高对后世的影响不如塞尚之广，却自有传人。论性灵的悸动、精神的张力、着魔的表情，他对北欧的画家最多启示，尤其是对日耳曼民族的表现派画家诺尔德（Emil Nolde）、贝克曼（Max Beckmann）、柯克西卡（Oskar Kokoschka）。比利时的恩索尔（James Ensor）、挪威的蒙克（Edvard Munch）可以算是他的师弟。蒙克那幅祟人如魔的石版画《呐喊》，连梵高见了也要大吃一惊。

柯克西卡那些人像的眼神与手势，尤其是那幅情人相拥而飞旋于虚空的暴风雨，可谓梵高式焦灼的变本加厉。贝克曼的名作《家人》，画一家六口同室而寂寞的群像，也是烛光在中间，左边的人望着右边的人，右边的人却垂目不应，也是一女子背着观众：构图太像《食薯者》了。

论技巧，则在南方，一任形体变态、色彩骚动以解放本能的野兽派，也是梵高的传人。马蒂斯倾向秩序与冷静，较受高更的影响，但是弗拉曼克与德兰，则继承梵高的粗曲线与亮色较多。另有一位独来独往的俄裔画家，无论人像、风景、静物，在用色、布局和风格上都接近梵高，名叫苏丁（Chaim Soutine，1894—1943）。

至于曲线装饰的"新艺术"（Art Nouveau）和象征风格的"先知派"（The Nabis），也受了梵高的间接影响。但是高更的粗曲线轮廓和写意色彩对他们的启示，比梵高更大。

就广义而言，站在梵高这一切瑰丽炽烈的杰作之前，一百年后的我们，感动而又感恩之余，又有谁不是梵高的信徒呢？因为这位超凡入圣的大画家，从教会的传道者变成艺术的传道者，最后更慷慨成仁，做了艺术的殉道者。

1990 年 3 月

世上一切都无药可救

而我唯一不曾远离的

就是悲伤

余光中讲梵高

CHAPTER

01

荷兰前期

1880.07—1883.12

图 1 **用麻袋背着煤的矿工们的妻子** 加亮水彩 尺寸不详 1880 年 藏馆不详

图 2　博里纳日煤矿
彩色线稿　尺寸不详
1879 年　藏馆不详

　　梵高自 1880 年以前所
作画作流传甚少，画作水
平较 1880 年之后更有着明
显差距。在此特加一幅梵
高于 1879 年创作的彩色线
稿，以供前后对比。

图 3 **海滩上的渔夫** 布面油画 51.0cm×33.5cm 1882 年 8 月 克洛勒 - 穆勒博物馆

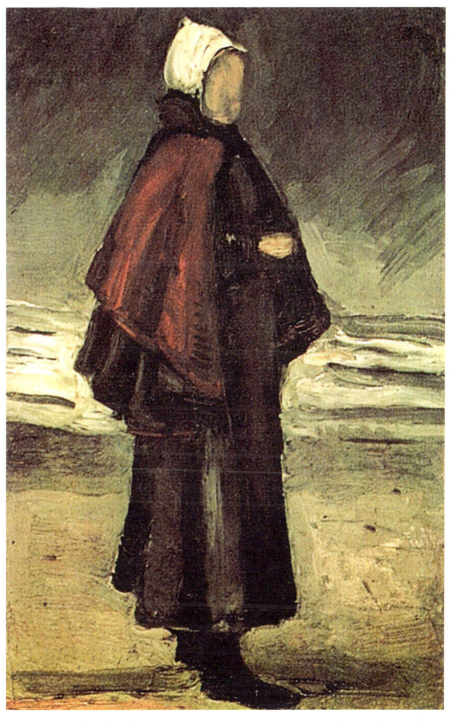

图 4　**海滩上的渔夫妻子**　布面油画　52.0cm×34.0cm　1882 年 8 月　克洛勒 - 穆勒博物馆

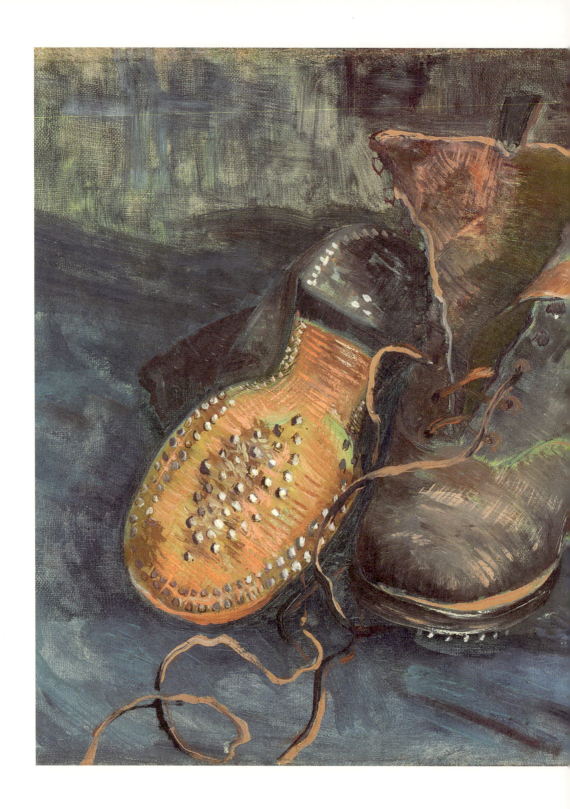

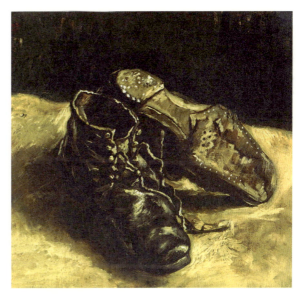

图5　**一双皮鞋**
布面油画　37.5cm×45.5cm　1887年春天　私人收藏

图6　**一双皮鞋**
布面油画　34.0cm×41.5cm　1887年初　巴尔的摩艺术博物馆

　　梵高的鞋子是其艺术创作过程中极具代表性的一个元素，从博里纳日、布鲁塞尔、艾田、努能，到海牙、巴黎、阿罗……梵高总会不时地给自己的鞋子画像。在梵高生前，那一双双鞋子所踩下的脚印，记录着梵高从布鲁塞尔开始直到生命终结的苦行之旅，承载着梵高内心诚挚的宗教情怀、坚定的艺术信念，以及苦难而坚韧的人生。梵高有关"皮鞋"的画作贯穿了其一生多个时期，为使其画作内涵得以充分展现，特将相关"皮鞋"画作在"荷兰前期"进行集中展示，以飨读者。

图 7　暴风雨中的斯开文宁根海岸
布面油画　34.5cm×51.0cm
1882 年 8 月 21 或 22 日

　　该画于 2002 年 12 月 7 日被意大利卡莫拉（Camorra）犯罪集团于荷兰梵高博物馆盗走，经过 14 年的寻找，终于在 2016 年，有关方面根据贩毒嫌犯提供的密报，在意大利那不勒斯（Naples）将其找到。

悲哀

亲爱的西奥：

我所需要的，是挽救思恩的生命与她两个孩子的生命。我不愿意她陷入我初见她时那种贫病交加的可怕境况。我不愿意她始终感到自己是被抛弃的、孤苦伶仃的可怜人。我已经负起这个责任，我还要继续负起这个责任。

…………

一个又一个星期过去了，在近来的许多个星期与许多个月里，生活所需的费用都在以非我力所能及的速度增加着，不管多少，我都要绞尽脑汁。你的钱一到，我就要进行详细的安排。不仅要靠这些钱维持十天的生活，而且眼下还有许多马上就要付钱的去处，那都是以前欠下的。

思恩已经在奶小孩了，但却常常没有足够的奶水。我也因经常的胃痛而头昏眼花地坐在沙丘上或者别的什么地方，因为我不能够吃饱……这种种的小不幸，真使人伤脑筋。

文森特

图 8　**悲哀**　素描　38.5cm×29cm　1882 年　英国沃尔李艺术画廊

1878 年梵高前往比利时南部的博里纳日传教，他打算通过这段见习牧师的经历，成为一名正式的牧师，并将其视为自己终生的事业。然而事与愿违，纵然梵高为传教工作投入了全部的热情，在一年后，教会仍因为梵高与矿工们频繁的接触，认为他有失体统，而将其开除。

　　郁郁的梵高转而将生命的热情投至绘画当中，他的命运转折也就此开始。教会的大门向他关闭，艺术的天堂却向他张开怀抱。荷兰教会开除了一位虔诚的牧师，世界却因此留住了一位伟大的画家。

　　梵高被开除出教会后，他的内心失落至极。等他的内心稍稍获得平静，他毫无征兆地前往布鲁塞尔开始了他的步行之旅。在这里，梵高遇到了以前的老上司——彼得森牧师（Reverend Peterson），恰好梵高身边带着一些自己之前在博里纳日矿区传教时创作的画作。当梵高将这些画作打开展示在彼得森牧师眼前的时候，这位善良的牧师大为惊叹。他发现虽然此时梵高的绘画技巧还很稚嫩，但那纸面上沟壑纵横的黑土地上的人间苦难却被表现得淋漓尽致。牧师对梵高大加赞赏，鼓励他一定要在这条路上坚定地走下去。

　　结束布鲁塞尔之行后，梵高回到博里纳日矿区隐居一年，孤身住在一间简陋的矿工小屋里。文森特·梵高在这间小屋里下定决心，决定将自己的一生投入到艺术之路上。然而，他无法在博里纳日的田间成为一个艺术家，他的画技稚嫩，而且经验欠缺。作为前画廊的销售经理，他深知只有到更大的都市里才能不断丰富和积累自己。于是他决定正式前往布鲁塞尔，开始自己的学艺生涯。

　　梵高的家庭氛围以及早期的画廊工作经验为他磨炼出了很高的艺术审美能力。而他狂热的宗教意识以及底层生活经验，又让他形成了自己独特的艺术观念。在绘画上，梵高是个反学院派，他一度进入艺术学院求学，在一周后又愤而退出，因为在他看来，艺术学院对于自己的禁锢远远大于帮助。在布鲁塞尔，他通过大量的临摹练习提高了自己的绘画技巧。这种方式并不适合所有人，梵高却得心应手，并且每一天都在进步。

在布鲁塞尔期间，梵高的父亲每个月寄给梵高60法郎，后来又增加到100法郎。后来梵高才知道，这多出的40法郎，是弟弟西奥寄给他的。从此时开始，西奥就成了梵高艺术之路的护航人，一直到梵高去世的这十年，西奥都在资助哥哥进行创作。

从现实角度来看梵高的一生，他的经历充满了失败。三十岁之前，梵高总共换了五份工作，待过七个城市，而这一切都源于父亲和弟弟西奥的资助（三十岁后父亲去世，弟弟便在往后的岁月里一直支持着他）。虽然广为人知的版本是，梵高的家人对他充满着冷淡与疏远，只有弟弟西奥和妹妹维尔敏娜跟他关系密切。但事实上，在绘画创作上，梵高父母给他的支持一直没有间断。

1881年圣诞节，二十八岁的梵高在家乡艾田遇到了守寡的表姐——凯伊，其实早在很多年前，这位漂亮的表姐就在少年梵高心中留下了深刻印象。在他心中，凯伊像所有的荷兰女子一样，长得结实、健壮，但更有一种别样的秀丽。所以得知表姐正在守寡，梵高便与之频频接触，最后又向她表白，可惜却遭到了凯伊及其家人明确的拒绝。这次打击给梵高往后晦暗的生命埋下了伏笔，堪称他人生所经受的一次无法痊愈的伤害。

心灰意冷之下的梵高来到海牙，在这里，他认识了妓女克里斯汀·克拉希娜·玛利亚·霍尼克（Christien Clasina Maria Hoornik），也就是思恩（Sien）。梵高随后与思恩相爱，并在随后的日子里与其同居了一年。思恩比梵高大几岁，长得并不美貌，而且由于常年沦于风尘的缘故而显得老气横秋。很多人说是因为梵高喜欢这种熟女，但这段恋情也极有可能是被表姐拒绝之后的情感转移。

从梵高的书信，以及为思恩所绘的诸多画作中可以看出来，梵高是爱思恩的。

图9 **荷兰的花床**

布面油画 48.0cm×65.0cm

1883 年 4 月 华盛顿国家博物馆

思恩骂脏话，吸烟，酗酒，梵高统统都可以容忍。只因为这个女人从来都不曾抛弃和拒绝他。思恩让梵高获得了一种前所未有的安全感和情感归属。思恩是唯一跟梵高同居过的女子，如果按照正常的方向发展下去，他们当会一生相伴。但可惜的是，梵高虽然不羁，但他有一个十分体面的家族（梵高的外公因为被选中装订荷兰第一部宪法，被誉为"国王的装帧师"；梵高的一个叔叔是时任荷兰海军司令；他的另外三个叔叔都是荷兰知名的大画商，拥有当时世界上最大画廊古伯公司的一半股份）。在得知梵高与妓女同居之后，家族成员勃然大怒，毅然插手其中，断绝了梵高与思恩的往来，两人的恋情也因此戛然而止。

对于思恩，虽然后来梵高将她形容成"那个懒惰的蠢女人"，但不可否认的是，这个女人给了梵高真正灵魂上的温暖，为他后来的创作之路打下了一个坚实的基础。

1883 年圣诞节前夕，梵高垂头丧气地回到了努能父母的家中。梵高的父母并不是很高兴见到他，除了年过三十一事无成之外，父母还对他在海牙与妓女思恩同居的事情余怒未消。他在给西奥的信中提到，觉得自己像一条脏兮兮的狗，父母好像生怕他在客厅里留下肮脏的脚印。虽然如此，梵高仍然任性而桀骜，他甚至在晚餐时不与家人同桌，而只是坐在客厅的一角，在自己的膝盖上吃一些剩下的面包。然而，最终梵高的父母还是选择接纳了自己这个流浪的儿子，他们把自己房子后面的洗衣房腾出来给梵高做了画室。随后的一段时间，梵高在此进入了一个创作高产期。努能是当时荷兰著名的贫困城市，梵高在此创作了一系列反映普通人困苦生活的画作。

图 10 **沙丘上补渔网的女子**
纸板油画 42.0cm×62.5cm 1882 年 8 月 加拿大蒙特利尔收藏家，弗朗索瓦·奥德马特收藏

　　该画本是一位欧洲收藏家的私人收藏，在蒙特利尔进行了公开展出后，被梵高博物馆借展多年。2018 年 6 月，该画在法国公开拍卖，成交价约 700 万欧元（约 5600 万人民币），成交价高于梵高早年荷兰风景画的世界纪录。

图 11 **村舍** 布面油画 35.5cm×55.5cm 1883 年 9 月 华沙贾纳帕瓦 II 博物馆

图 12　**沼地里的两个女人**　布面油画　27.8cm×36.5cm　1883 年 10 月　阿姆斯特丹梵高博物馆

图 13　**烧杂草的农夫**　布面油画　30.5cm×39.5cm　1883 年 10 月　私人收藏

图 14　**村舍**　布面油画　35.5cm×55.5cm　1883 年 9 月　阿姆斯特丹梵高博物馆

谁要不惜生命去换取
更崇高的东西
他终会得到

余光中讲梵高

CHAPTER

02

荷兰后期

1883.12—1886.02

图 15　**努能的牧师住宅**
布面油画
33.0cm×43.0cm
1885 年 10 月
阿姆斯特丹梵高博物馆

图16 **秋日的黄昏** 布面油画 51.0cm×93.0cm 1885年10月 乌得勒支中央博物馆

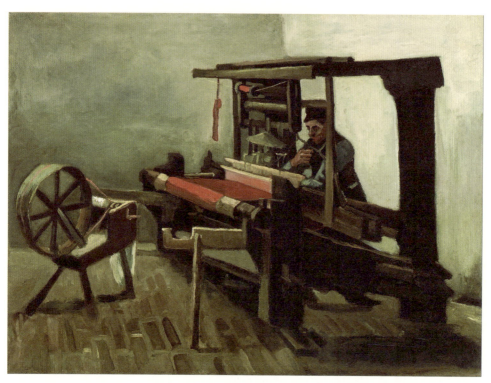

图17 **纺织工左侧和纺车** 布面油画 61.0cm×85.0cm 1884年3月 波士顿美术博物馆

图 18 **农妇果蒂娜** 布面油画 42.7cm×33.5cm 1885 年 3 月 阿姆斯特丹梵高博物馆

　　画像中的果蒂娜，在宽阔的女帽下面露出浓眉大眼，隆鼻厚唇，除了一对单纯的耳环之外，毫无装饰，但是眸中满含活力，脸上泛出自然焕发的光辉。那女性的动人之处，并不逊于雷诺阿面容姣好的淑女。

图 19　**努能的老教堂**
纸板油画　47.5cm×55.0cm　1884 年 5 月　苏黎世布尔勒收藏展览馆

图 20　**努能的老塔与农夫**
布面油画　34.5cm×42.0cm　1884 年 2 月　克洛勒 - 穆勒博物馆

图 21　**努能的旧教堂楼**　布面油画　65.0cm×88.0cm　1885 年 6 月　阿姆斯特丹梵高博物馆

食薯者

梵高在号称"黑乡"的矿区待了将近一年半的时光。先是摩顶放踵，对矿工之家的布道、济贫、救难全心投入，颇有救世主的担当。后来见黜于教会，宗教的狂热便渐渐淡了下来。满腔的热血在艺术里另找出路，就地取材，便画起矿工来。这时正是 1880 年，也是梵高余生十年追求画艺的开始。《食薯者》是梵高习画五年才成就的作品，自许为第一张正式的油画，而以前的作品只能算是草稿。

为了总结自己对农家生活的写照，他立意要完成这幅集体人像；但在正式成画之前，他试绘过很多张素描，有的是群像，有的是个像，最后，却是抛开他写生的真人，回到画室里凭记忆一挥而就的。梵高对此画十分重视，自认是去巴黎前的最好作品，不但常在信中提起，甚至在临终前的几个月，心里还有一股冲动，想把这情景再画一遍。在阿罗时期，他检讨新完成的力作《夜间酒店》，更与此画相提并论，说这些都是他"最丑的作品"。此地所谓的"丑"，当然是指反叛了传统美感。当日巴黎的画商曾评论道，此画的惨绿色调又像锈铜，又像肥皂。其实荷兰的传统原就习用浓重的褐色来反托少许的光，伦勃朗的画就往往如此。《食薯者》正是梵高荷兰时期的结论，也是一个告别，因为巴黎的七色光谱在喊他。至于我，早在二十几岁，第一眼见到此画便受其震撼，像面对一场挥之不去却又耐人久看的古魔。

《食薯者》所展现的，是贫苦的一家人劳作一天，晚餐桌上的主食却只有土豆而已。画中右手边的老妇人，生活的重压剥夺了她全部的生趣，她机械地倒着手中的咖啡，目光不与餐桌上的任何一个人交接；画中左首的中年男子，小心翼翼地注视着对面的母亲，似乎为自己的胃口充满了负罪感。昏黄的灯光下，围坐在餐桌边的一家人眼中仍然透露出饥渴的神情，此时无声胜有声，他们似乎在静静地诉说着他们的哀伤……围着餐桌而坐的五个农民，梵高都曾作过个别习作。那询问似的炯炯眼神，右端的农妇下垂的厚重眼睑，布满皱纹、凹凸不平的脸和手，

图 22 《食薯者》草图　布面油画　72.0cm×93.0cm　1885 年 4 月　克洛勒 - 穆勒博物馆

充分地表现出大地上勤奋的劳动者的"力量"。他在信中表示，希望这幅画能强调出"伸在碟子上的那只手，曾挖掘过泥土"。同时窗外的景色，也令人深切地感受到煮土豆的香味。在这幅画上，朴实憨厚的农民一家人，围坐在狭小的餐桌边，桌上悬挂的一盏灯，成为画面的焦点。昏黄的灯光洒在农民憔悴的面容上，使他们显得突出。低矮的房顶使屋内的空间显得更加拥挤。灰暗的色调给人以沉闷、压抑的感觉。画面构图简洁，形象纯朴。画家以粗拙、遒劲的笔触，刻画人物布满皱纹的面孔和瘦骨嶙峋的躯体。背景设色稀薄浅淡，衬托出前景的人物形象。梵高自己称这幅画是"表现主义的诞生"。他说："我不想使画中的人物真实。真正的画家画物体，不是根据物体的实况……而是根据自己的感受来画的。我崇拜米开朗琪罗的人物形象，尽管它们的腿太长，臀部太大。"有人指责他这幅画中的形象不准确，而他的回答是："如果我的人物是准确的，我将感到绝望……我就是要制造这些不准确、这些偏差，重新塑造和改变现实。是的，他们可能不真实，你可以这样说——但是比实实在在的真实更真实。"

《食薯者》将要成画的那几天，梵高的精神十分亢奋，他害怕自己的热情会把这幅画毁掉（油彩未干之时，只能用小笔刷轻轻涂抹需要修改的部分，不能出现大动作）。而为了避免冲动，他把画送到朋友家，三天后再去取。

梵高希望弟弟能在这幅画上看出点不一样的东西来，这个东西其实就是生命力。农民的日子虽然贫困，他们却是在用勤劳的双手换取盘中的食物。这无疑是他同期作品中最好的一幅，也是他努力证明自己的一幅。不过这幅他无比用心的作品，在其生前却始终未曾给他带来半点收益，他将这幅画寄到巴黎试图展出，几个月后，巴黎传来消息，说色彩过于灰暗，人物结构也有几处错误，不予展出。他除了在信中为自己辩解一番外，能做的就是继续绘画。他对弟弟说，许多著名的画家在遭到不理解和多次的拒绝之后，所做的就只是继续画。

图23　**食薯者**　布面油画　82.0cm×114.0cm　1885 年 4 月　阿姆斯特丹梵高博物馆

图 24　静物与《圣经》

布面油画　65.7cm×78.5cm　1885 年 10 月

阿姆斯特丹梵高博物馆

　　此画作于 1885 年 10 月，正是梵高父亲去世后半年。反衬着漆黑的背景，桌上摊开一本厚重而有光彩的老旧《圣经》，旁边的烛台上有一截已熄的残烛，这些当然是悼念做牧师的爸爸。而与此对照的，是《圣经》下端的一本小书，黄色封面上的书名是左拉的《生之喜悦》，那便是影射他自己了。他对左拉此书的诠释是："若是认真生活，就必须工作而且担当一切。" 如果我们细看那《圣经》，则翻开的地方正是《以赛亚书》的第五十三章，大意是说先知宣称，神的仆人将要到来，并受世人的鄙弃。这似乎是梵高对自己前途的担忧。

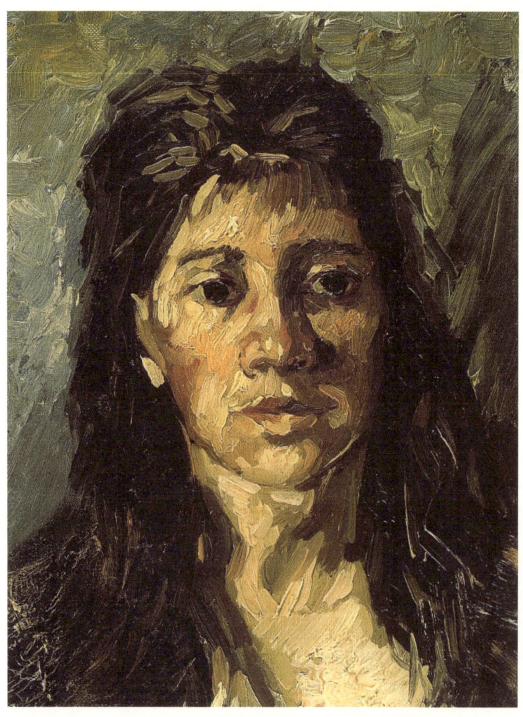

图 25　**披头散发的女人头像**　布面油画　35.0cm×24.0cm　1885 年 12 月　阿姆斯特丹梵高博物馆

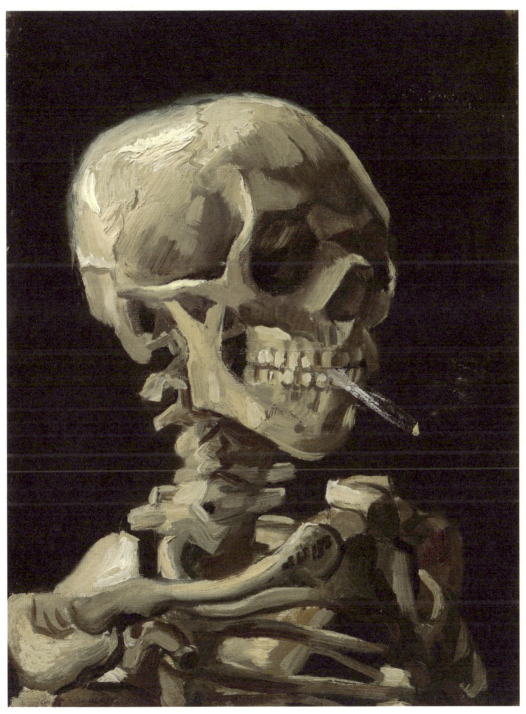

图26 **吸烟的头骨** 布面油画 32.0cm×24.5cm 1885—1886年 阿姆斯特丹梵高博物馆

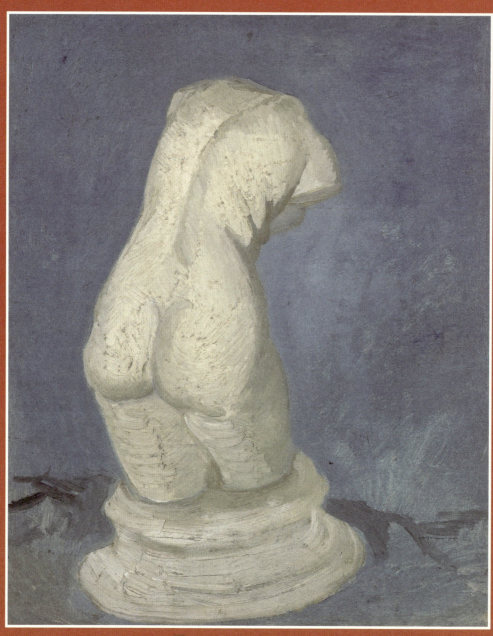

图 27　**女性石膏雕像**　布面油画　47.0cm×38.0cm　1886 年春天　阿姆斯特丹梵高博物馆

1885 年 11 月，圣诞节前夕，三十三岁的梵高离开荷兰来到了安特卫普。从此他一生再也没有回过自己的故乡。离开父母的这一年里，梵高的生活穷困潦倒却又放纵不堪。在安特卫普的大半年时间里，他只吃过几次热餐，大部分时间都以面包和咖啡充饥。纵然如此，他依然在有钱的时候流连于花街柳巷。

　　在这种生活状态下，梵高的身体开始急剧恶化，不仅染上了梅毒，导致牙齿松动脱落；为了缓解饥饿感，又不得不大量抽烟，使得肺也出现了不小的问题。梅毒不仅是一种身体疾病，它还能引起精神失常。这时候梵高的画作整体充满了晦暗与阴霾，那张叼着烟卷的头骨画像，可以说是他本人此时的精神写照。

　　在生活中，梵高的不羁与邋遢也让身边的人无法忍受，最后在弟弟西奥的帮助下，梵高搬离了住处，进入安特卫普美术学院学习作画。梵高一直对正统的美术学院没有好感，他曾经在给西奥的信中写道："美术学院的症结在于，他们只会叫你画路易十五和阿拉伯人的画像等传统作品，而不是今天的纺织工人、矿工或者裁缝。"但是在 1886 年 1 月，梵高却令人费解地进入了这里。后人猜测，梵高是为了省钱才进入了美术学院，因为这里能够免费向他提供模特（还包括费用不菲的裸体模特）。然而，美术学院的教条和保守，很快让梵高感到厌倦。

　　梵高在美术学院的同学文森特·海格曼（Vincent Haggerman）在自己的回忆中记录了梵高在此求学的一些经历。"他戴着一顶皮帽，身穿一件蓝色大褂——当地肉贩子常穿的那种。"海格曼在回忆中说道，学院新购置了一个断臂维纳斯的石膏像，每个学生都要向教授交一份素描的习作。作为一件古典艺术作品，美术学院的教授对素描的线条比例，以及素描的精准程度要求很高。梵高却给维纳斯画了一个极其丰满的臀部，这让教授们大惊失色。他们要求梵高按照古典审美的标准，给高雅的维纳斯减肥瘦身。梵高对此十分不满，他对教授大声争辩道："你根本就不了解年轻女子！一个健康的成年女人一定会有丰满的臀部和宽阔的盆骨，这样她们才能易于生养。"1886 年 3 月，学院内部召开董事会议，决定将梵高降级到基础班，但是他们还是晚了　步。在这一决定颁布之前，梵高已经收拾行囊，飘然而去。梵高的安特卫普岁月，也就此终结。

我想把男女都画得带点永恒
就是以前用光圈
象征的那些东西

余光中讲梵高

CHAPTER

03

巴黎时期

1886.02—1888.02

图28　从勒比克街梵高的房间看到的巴黎景色之一

纸板油画　46.0cm×38.2cm　1887年春天　苏黎世布鲁诺·毕修伯格画廊

图29　七月十四日的巴黎庆典　布面油画　44.0cm×39.0cm　1886年夏天　温特图尔，花都庄园

图 30　**风车磨坊**　布面油画　38.0cm×46.5cm　1886 年秋天　柏林国立美术馆

图 31　**法国小说和玫瑰花**　布面油画　73.0cm×93.0cm　1887 年秋天　私人收藏

图 32　**蒙马特岗花圃**　*布面油画*　44.8cm×81.0cm　1887 年　*阿姆斯特丹梵高博物馆*

图 33　**室内餐厅**　布面油画　45.5cm×56.5cm　1887 年 6—7 月　克洛勒 - 穆勒博物馆

巴黎时光

1886 年，在巴黎蒙马特大道古伯巴黎画廊上班的西奥，收到了一张从巴黎北站传来的便条。哥哥梵高正在巴黎并且约他见面。彼时西奥正处于风雨飘摇之中，工作不稳定，居住的公寓太小，还有情人需要照顾，就连自己这个性格执拗的哥哥，也不听阻拦来到了巴黎。虽然艰难，但是西奥还是安排好了兄弟二人的生活。

他先在第十八区的利匹克街找了一间大一点的公寓安顿下来。这间公寓离西奥的画廊比较远，但价格实惠。这里也是巴黎主要的夜生活场所，到处都是舞厅、酒馆和夜总会。这无形中给梵高的"美好生活"创造了一个最佳环境。巴黎时期并不是梵高艺术生命的巅峰期，却是梵高现实生命里最灿烂的时光。在繁华的巴黎街头，他一边沉醉于街头酒馆，一边学习创作。

在西奥的协助下，梵高开始跟随巴黎著名的荒诞派画家费尔南德·科尔蒙（Fernand Cormon）学习。梵高与科尔蒙门下的得意弟子劳特累克意气相投，很快成为好友。他们一起出入烟花场所，酗酒狂欢，而带有致幻作用的苦艾酒则成为梵高与劳特累克的最爱饮品。

苦艾酒在蒙马特被视为首选的"嗨品"，当你在苦艾酒中加入白水之后，会变成黄绿色，巴黎人称其为"绿妖"。梵高非常喜爱"绿妖"，他甚至专门为"绿妖"创作了一幅静物画。

此外，梵高还常会去一家叫作"铃鼓"（Tambourin）的咖啡馆，这家咖啡馆提供意大利美食，店里的服务员都身着意大利传统服装，女主人是那不勒斯人，名叫阿戈斯蒂娜·塞加托里（Agostina Segatori），为人乐观开朗。她来巴黎本是为了当模特，最后却开起了咖啡馆。这位年近五十的黑皮肤迟暮美人，不久就成了梵高心中的爱慕对象。在某个午后或者傍晚的悠闲时光里，梵高画下了这位那不勒斯美人在店角抽烟的样子。

梵高来到巴黎之前，巴黎艺术圈已经对此前的印象派感到厌倦，人们正在酝酿着更新潮的事物。但梵高不同，此前他还从来没有接触过印象派，甚至连一幅印象派的画作都没有看过。整个巴黎时期里，梵高就像重新上了一次美术学院。每天都有大量的知识需要学习，有各种艺术形式和观点需要交流和融合。

印象派画家大都喜欢表现自然界的光和色，也表现现代都市的运动感。梵高在画廊展览的时候仔细地揣摩了所有的展品，并与诸多印象派画家进行了画作和灵感上的碰撞。莫奈的油画捕捉了变幻的色、跳动的光，使他感到充满战栗的生命感。毕沙罗的作品表现大自然的欢腾气息。日本浮世绘版画鲜明的装饰性色彩使他一见倾心……受到这些画作的影响，梵高开始改变画风。他四处写生，力图使自己的画作明亮起来，但没过多久，他渐渐感觉到这些画作丧失了自己的独特风格，于是，纠结就此展开，一方面他要表现光明的世界，另一方面，却又不想和光同尘，这种纠结一直贯穿了梵高之后的艺术创作生涯。

梵高到达巴黎的时候恰逢点彩画法的发展，这对梵高的影响不可谓不深刻，他将点彩画法与自身绘画特色相结合，形成了一种独特的梵高式笔触，这种绘画风格在梵高画风成熟后成了他的一个独特标志。

图34 **苦艾酒** 布面油画 46.5cm×33.0cm
1887年春天 阿姆斯特丹梵高博物馆

图35　**阿戈斯蒂娜·塞加托里**　布面油画　81.0cm×60.0cm　1887年12月　阿姆斯特丹梵高博物馆

图36　**亚历山大·瑞德**　纸板油画　41.5cm×33.5cm　1887 年春天　格拉斯哥博物馆

　　瑞德是苏格兰的画商，这张半身像的表情，在端凝肃静之中略露不耐，相当传神，堪称佳作。瑞德自己却似乎不太喜欢此画，未曾保留，幸好目前归格拉斯哥博物馆收藏。此画采用了当时新印象主义的点画技巧，主要是红绿两色的斑点与短线织成。尽管如此，梵高的取法仍然笔势纵横，富于律动之感，不同于修拉所营的静态。画中人背后涌动的红潮，纯然是象征的写意，已经开始试验"光轮的波涡化"了。

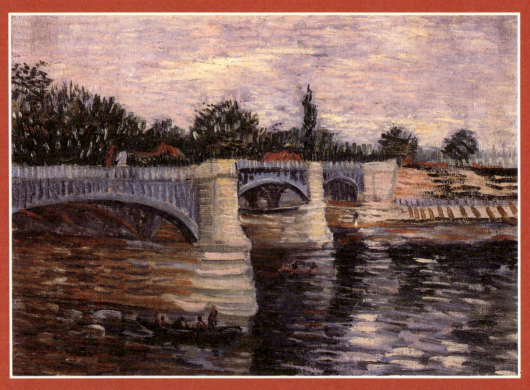

图 37　**拉杰特塞纳河大桥**　布面油画　32.0cm×40.5cm　1887 年夏天　阿姆斯特丹梵高博物馆

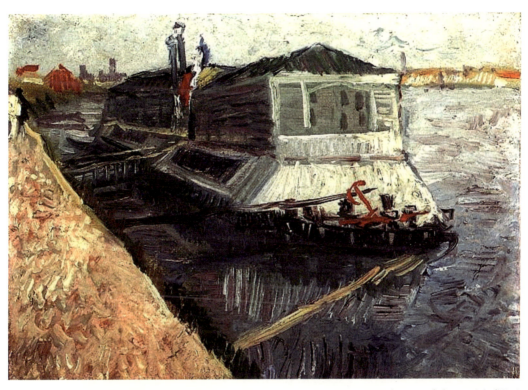

图 38 **阿尼埃尔塞纳河畔的沐浴浮船** 布面油画 31.0cm×44.0cm 1886 年 6 月 弗吉尼亚艺术博物馆

图 39　卡鲁塞尔桥和卢浮宫

布面油画　31.0cm×44.0cm　1886 年 6 月　哥本哈根，嘉士伯艺术博物馆

图 40　高架桥下的车行通道

布面油画　32.7cm×41.0cm　1887 年春天　所罗门·R·古根海姆博物馆

图 41　**蒙马特**　布面油画　43.6cm×33.0cm　1886 年秋天　美国芝加哥艺术机构

浮世绘

图 42　**日本情趣：花魁**

布面油画　105.0cm×60.5cm

1887 年 9—10 月　阿姆斯特丹梵高博物馆

原画信息：**溪斋英泉，花魁**

锦绘　70.0cm×24.7cm

1830—1846 年前后

浮世绘是日本江户时代在民间兴起的一种独特典型的花街柳巷艺术，这种艺术风格一度让 19 世纪的欧洲社会刮起了一股和风热潮，也对 19 世纪末兴起的新艺术运动多有启迪。1885 年，梵高在安特卫普初次接触浮世绘，此后浮世绘便对梵高一生的艺术创作产生了不可忽视的影响。

1886 年，梵高来到号称艺术之都的巴黎，与当时的诸多印象派画家来往接触。在这期间，浮世绘风潮已然在巴黎艺术圈兴起，梵高不可避免地深受影响。在巴黎时期，梵高曾经临摹过多幅浮世绘作品，较为著名的比如溪斋英泉的《花魁》、歌川广重的《江户名胜百景之雨中大桥》《江户名胜百景之龟户梅屋铺》等。以《花魁》为例，1886 年《巴黎画报》5 月刊的封面上引用了溪斋英泉的《花魁》，梵高看见后顿时深受吸引，立马用描摹纸印着杂志将画作线条临摹了下来，此后经过几次修改，这幅加入了梵高特色的《花魁》才得以问世。

在自己的原创画作中，梵高也不加掩饰地加入了许多的浮世绘元素。比如著名的《老唐基》的背景图画中，《花魁》就成了其中的重要背景装饰。将浮世绘的元素融入他之后的作品中，还有名作《星光夜》中的涡卷图案，有评论认为这是参考了葛饰北斋的《神奈川冲浪里》。

梵高临摹过不下 30 幅浮世绘作品，传世的却是寥寥。浮世绘之所以为"浮世绘"，正在于它以描绘"浮世"（尘世、俗世）生活为主，并不承担改造社会的大使命或意识形态功能，这正是吸引梵高的所在。在巴黎时期之前，梵高的画作一直以阴暗沉郁的风格为主调。而在巴黎时期，梵高的画作风格出现了十分突兀的转折，之所以如此，印象派的画风影响是一方面，而浮世绘所带来的感性共鸣则占据了更大的成分。

图 43　雨中大桥

布面油画　73.0cm×54.0cm　1887 年

阿姆斯特丹梵高博物馆

原画信息：歌川广重，江户名胜百景之雨中大桥

1857 年

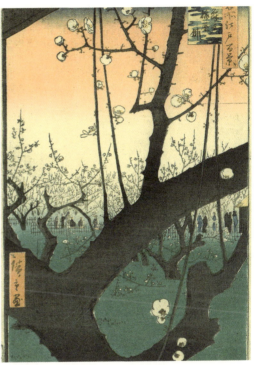

图 44 **开花李树**

布面油画　55.0cm×46.0cm　1887 年

阿姆斯特丹梵高博物馆

原画信息：歌川广重，江户名胜百景之龟户梅屋铺

1807 年

老唐基

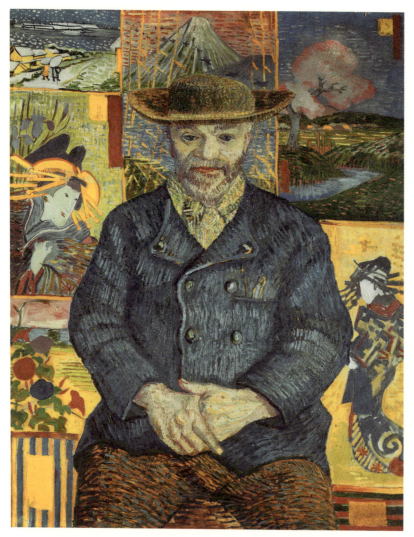

图45　**老唐基**　布面油画　92.0cm×75.0cm　1887年秋天　巴黎罗丹博物馆

　　主人翁是巴黎的一个小画商，也是印象派画家的死党，为人热情忠厚，也曾善待梵高。看得出，在色彩的处理上，此画已受到修拉点画法的引导，但是须眉、衣裤的线条已经有自己的技法。最触目的是背后挂的日本版画，不但显示这些画当时在巴黎多么流行，也说明梵高多么喜欢这种风格。像《老唐基》这样的人像，日后到阿罗，在《邮差鲁兰》等作品里表现得更为生动。

图46 **老唐基** 布面油画 65.0cm×51.0cm 1886—1887 年 克洛勒 - 穆勒博物馆

　　巴黎时期是梵高一生中最幸福的一个创作时期。当时他住在蒙马特区，在费尔南德·科尔蒙画室学习绘画。此时他开始接触其他印象派画家，如毕沙罗、图卢兹·劳特累克、埃米尔·伯纳德，并与他们一道作画。老唐基深受这群人的爱戴，梵高经常到克劳泽尔街他开的店铺聚会，老唐基允许他赊购物品或用实物换取画布。出于对这位朋友的感激之情，梵高为其创作了多幅画像。

图 47 **春日垂钓** 布面油画 50.5cm×60.0cm 1887 年 芝加哥艺术学院

图 48　**鹡鸰与麦田**　布面油画　34.0cm×65.5cm　1887 年夏天　日内瓦艺术历史博物馆

图 49　雏菊和秋牡丹

布面油画　61.0cm×38.0cm　1887 年夏天

克洛勒 - 穆勒博物馆

图 50　花瓶里的紫丁香、雏菊和银莲花

布面油画　46.5cm×37.5cm　1887 年夏天

日内瓦艺术历史博物馆

图 51　**花瓶里的矢车菊和罂粟花**　布面油画　80.0cm×67.0cm　1887 年夏天　荷兰崔顿基金会

普罗旺斯的星光夜
被一双着了魔的眼睛捉住
永远逃不掉了

余光中讲梵高

CHAPTER

04

阿罗时期

1888.02—1889.04

梵高的向日葵

　　梵高一生油画的产量在八百幅以上，但是其中雷同的画题不少，每令初看的观众感到困惑。例如他的自画像，就多达四十多幅。阿罗时期的吊桥，至少画了四幅，不但色调各异，角度不同，甚至有一幅还是水彩。《邮差鲁兰》和《嘉舍大夫》也都各画了两张。至于早期的代表作《食薯者》，从个别人物的头像素描到正式油画的定稿，反反复复，更画了许多张。梵高是一位求变求全的画家，面对一个题材，总要再三检讨，务必面面俱到，充分利用为止。他的杰作《向日葵》也不例外。

　　早在巴黎时期，梵高就爱上了向日葵，并且画过单枝独朵，鲜黄衬以亮蓝，非常艳丽。1888 年初，他南下阿罗，定居不久，便邀高更从西北部的布列塔尼去阿罗同住。这正是梵高的黄色时期，更为了欢迎好用鲜黄的高更去"黄房子"同住，他有意在十二块画板上画下亮黄的向日葵，作为室内的装饰。

　　梵高在巴黎的两年，跟法国的少壮画家一样，深受日本版画的影响。从巴黎去阿罗不过七百千米，他竟把风光明媚的普罗旺斯幻想成日本。阿罗是古罗马的属地，古迹很多，居民兼有希腊罗马、阿拉伯的血统，原是令人悠然怀古的名

胜。梵高却志不在此，一心一意只想追求艺术的新天地。

　　到阿罗后不久，他就在信上告诉弟弟："此地有一座柱廊，叫作圣多芬门廊，我已经有点欣赏了。可是这地方太无情、太怪异，像一场中国式的噩梦，所以在我看来，就连这么宏伟风格的优

美典范，也只属于另一世界：我真庆幸，我跟它毫不相干，正如跟罗马皇帝尼禄的另一世界没有关系一样，不管那世界有多壮丽。"

梵高在信中不断提起日本，简直把日本当成亮丽色彩的代名词了。他对弟弟说：

"小镇四周的田野覆盖满了黄花与紫花，就像是……你能够体会吗？一个日本美梦。"

由于接触有限，梵高对中国的印象不正确，对日本却一见倾心，诚然不幸。他对日本画的欣赏，也颇受高更的示范引导；去了阿罗

之后，更进一步，用主观而武断的手法来处理色彩。向日葵，正是他对"黄色交响"的发挥，间接上，也是对阳光"黄色高调"的追求。

1888 年 8 月底，梵高去阿罗半年之后，写信给弟弟说："我正在努力作画，起劲得像马赛人吃鱼羹一样；要是你知道我是在画几幅大向日葵，就不会奇怪了。我手头正画着三幅油画……第三幅是画十二朵花与蕾插在一只黄瓶里（三十号大小）。所以这一幅是浅色衬着浅色，希望是最好的一幅。也许我不止画这么一幅。既然我盼望跟高更同住在自己的画室里，我就要把画室装潢起来。除了大向日葵外，什么也不要……这计划要是能实现，就会有十二幅木版

画。整组画将是蓝色和黄色的交响曲。每天早晨我都趁日出就动笔，因为向日葵谢得很快，所以要做到一气呵成。"

过了两个月，高更就去阿罗和梵高同住了。不久两位画家因为艺术观点相异，屡起争执。梵高本就生活失常，情绪紧张，加以一生积压了多少挫折，每天更冒着烈日劲风出门去赶画，甚至晚上还要在户外借着烛光捕捉夜景，疲惫之余，怎么还禁得起额外的刺激？圣诞前两天，他的狂疾初发。圣诞后两天，高更匆匆回去了巴黎。梵高住院两周，又恢复作画，直到1889年2月4日，再度发作，又卧病两周。1月23日，在两次发作之间，他写给弟弟的一封长信中，显示他对自己的这些向日葵颇为看重，而对高更的友情和见解仍然珍视。他说：

如果你高兴，你可以展出这两幅向日葵。高更会乐于要一幅的，我也很愿意让高更大乐一下。所以这两幅里他要哪一幅都行，无论是哪一幅，我都可以再画一张。

你看得出来，这些

画该都抢眼。我倒要劝你自己收藏起来，只跟弟媳妇私下赏玩。这种画的格调会变的，你看得愈久，它就愈显得丰富。何况，你也知道，这些画高更非常喜欢。他对我说来说去，有一句是："那……正是……这种花。"

你知道，芍药属于简妮（Geogres Jeannin），蜀葵归于科斯特（Ernest Quost），可是向日葵多少该归我。

足见梵高对自己的向日葵信心颇坚，简直是当仁不让，非他莫属。这些光华照人的向日葵，后世知音之多，可证梵高的预言不谬。在同一封信里，他甚至这么说："如果我们所藏的蒙蒂塞利（Adolphe Monticelli，1824—1886）那丛花值得收藏家出五百法郎，说真的也真值，则我敢对你发誓，我画的向日葵也值得那些苏格兰人或美国人出五百法郎。"

梵高真是太谦虚了。五百法郎当时只值一百美金，他说这话，是在 1888 年。几乎整整一百年后，在 1987 年的 3 月，其中的一幅向日葵在伦敦拍卖所得，竟是画家当年自估的三十九万八千五百倍。要是梵高知道了，会有什么感想呢？要是他知道，那幅《鸢尾花》售价竟高过《向日葵》，又会怎么说呢？

1890 年 2 月，布鲁塞尔举办了一个"二十人画展"。主办人通过西奥，邀请梵高参展。梵高寄了六张画去，《向日葵》也在其中，足见他对此画的自信。结果卖掉的一张不是《向日葵》，而是《红葡萄园。》非但如此，《向日葵》在那场画展中还受到羞辱。参展的画家里有一位专画

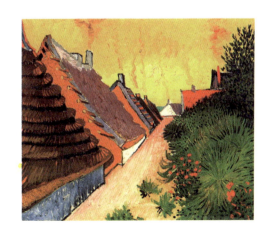

宗教题材的，叫作亨利·德·格鲁士（Henry de Groux），坚决不肯把自己的画和"那盆不堪的向日葵"一同展出。在庆祝画展开幕的酒会上，德·格鲁士又骂不在场的梵高，把他说成"笨瓜兼骗子"。劳特累克在场，气得要跟德·格鲁士决斗。众画家好不容易把他们劝开。第二天，德·格鲁士就退出了画展。

梵高的《向日葵》在一般画册上，只见到四幅：两幅在伦敦，一幅在慕尼黑，一幅在阿姆斯特丹。梵高最早的构想是"整组画将是蓝色和黄色的交响曲"，但是习见的这四幅里，只有一幅是把亮黄的花簇衬在浅蓝的背景上，其余三幅都是以黄衬黄，烘得人脸颊发燠。

荷兰原是郁金香的故乡，梵高却不喜欢此花，反而认同法国的向日葵，也许是因为郁金香太秀气、太娇柔了，而粗茎糙叶、花序奔放、可充饲料的向日葵则富于泥土气与草根性，最能代表农民的精神。

梵高嗜画向日葵，该有多重意义。向日葵昂头扭颈，从早到晚随着太阳转脸，有追光拜日的象征。德文的向日葵叫 sonnenblume，跟英文的 sunflower 一样。西班牙文叫此花为 girasol，是由 girar（旋转）跟 sol（太阳）二词合成，意为"绕太阳"，颇像中文。法文最简单了，把向日葵跟太阳索性都叫作 soleil。梵高通晓西欧多种语言，更常用法文写信，当然不会错过这些含义。他自己不也追求光和色彩，因而也是一位拜日教徒吗？

其次，梵高的头发棕里带红，更有"红头疯子"之称。他的自画像里，不但头发，就连络腮的胡髭也全是红焦焦的，跟向日葵的花盘颜色相似。至于1889年9月他在圣瑞米疯人院所绘的那张自画像，胡子还棕里带红，头发简直就是金黄的火焰；若与他画的向日葵对照，岂不像纷披的花序吗？

因此，画向日葵即所以画太阳，亦即所以自画。太阳、向日葵、梵高，圣三位一体。

另一本梵高传记《尘世过客》诠释此图说："向日葵是有名的农民之花；据此而论，此花就等于农民的画像，也是自画像。它爽朗的光彩也是仿自太阳，而文森特之珍视太阳，已奉为上帝和慈母。此外，其状有若乳房，对这个渴望母爱的失意汉也许分外动人，不过此点并无确证。他自己（在给西奥的信中）也说过："向日葵是感恩的象征。"

从认识梵高起，我就一直喜欢他画的向日葵，觉得那些挤在一只瓶里的花朵，辐射的金发，丰满的橘面，挺拔的绿茎，衬在一片淡柠檬黄的背景下，强烈地象征了天真而充沛的生命，而那深深浅浅交交错错织成的黄色暖调，对疲劳而受伤的视神经，真是无比美妙的按摩。每次面对此画，久久不甘移目，我都要贪馋地饱饫一番。

另一方面，向日葵苦追太阳的壮烈情操，有一种知其不可为而为之的志气，令人联想起中国神话的夸父追日，希腊神话的伊卡洛斯奔日。所以在我的近作《向日葵》一诗里我说：

你是挣不脱的夸父

飞不起来的伊卡洛斯

每天一次的轮回

从曙到暮

扭不屈之颈，昂不垂之头

去追一个高悬的号召

1990 年 4 月

图 52 **梨树开花** 布面油画 73.0cm×46.0cm 1888 年 4 月 阿姆斯特丹梵高博物馆

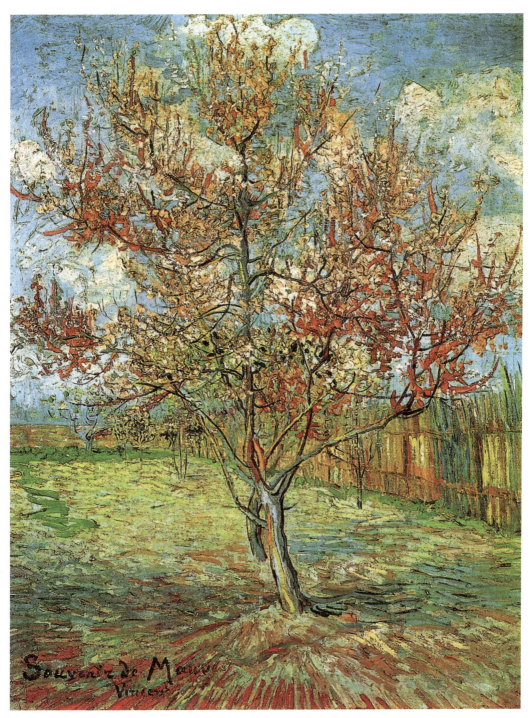

图 53　**梨树开花：纪念莫夫之死**　布面油画　73.0cm×59.5cm　1888 年 3 月　克洛勒 - 穆勒博物馆

图 54　**阿罗吊桥**　布面油画　60.0cm×65.0cm　1888 年 4 月　私人收藏

图 55　**阿罗的鸢尾花**

布面油画　54.0cm×65.0cm　1888 年 5 月　阿姆斯特丹梵高博物馆

图 56　**阿罗附近麦田里的农舍**

布面油画　45.0cm×50.0cm　1888 年 5 月　阿姆斯特丹梵高博物馆

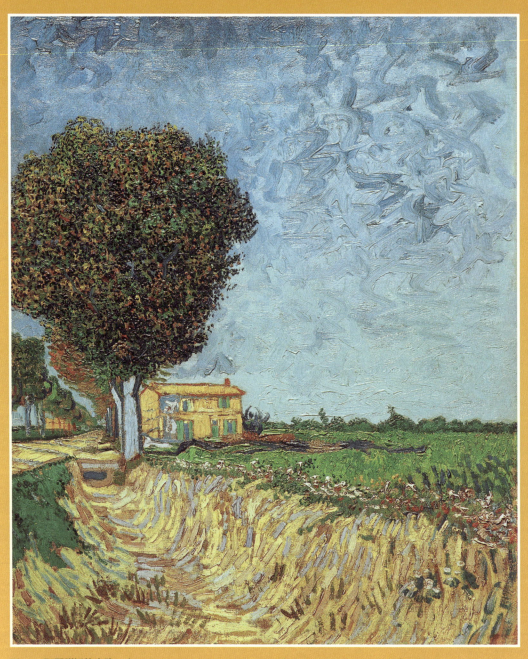

图 57 **阿罗附近的小路** 布面油画 61.0cm×50.0cm 1888 年 5 月 波美拉尼亚国家博物馆

图 58　**阿罗附近麦田里的农舍**　布面油画　24.5cm×35.0cm　1888 年 5 月　阿姆斯特丹梵高博物馆

图 59　**绿葡萄园**　布面油画　72.0cm×92.0cm　1888 年 9 月　克洛勒 - 穆勒博物馆

　　隔着开阔的地平线，长空变幻的互影与大地葡萄藤纵横的走势相呼应，主宰了整个画面的节奏。蟠婉强劲的枝藤，挟着黛绿与青紫的丛叶，覆盖了全部的前景，但枝叶疏处又任其大片地留白，真是奇观。梵蒂尔波格说，疏处见白，乃是沙地，又说这种不计写实后果的笔法，乃是师承法国画家蒙蒂塞利。就算是沙地吧，但其用色之淡浑似无物，所以觉得满园的枝藤都像虚悬而架空，视觉效果非常奇特。

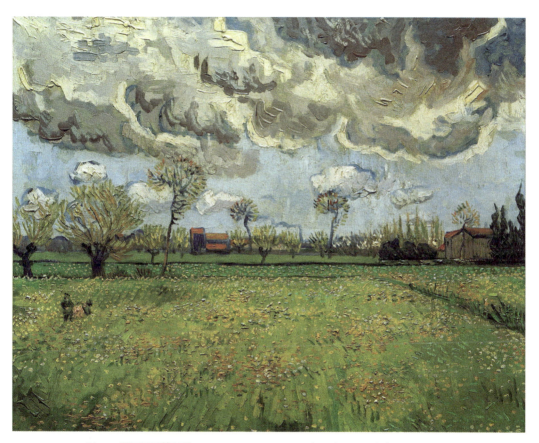

图 60 **暴雨天下的风景** 59.5cm×70.0cm 1888 年 5 月 *私人收藏*

　　该画在 2015 年的纽约苏富比拍卖行上，被瑞士格斯塔德收藏家以五千四百零一万美元高价拍下。

阿罗岁月

梵高的个性里有一个非常典型的特征，那就是冲动。一旦他决定要去哪里，就会立刻付诸行动。梵高离开巴黎，就像他来的时候一样突然。梵高为了寻找自己心中的"日本"来到了法国南部的阿罗。事实上"阿罗"并非只有美景，阿罗是当时法国的造车中心，是法国工业革命时期重要的工业重镇。城市里脏乱差，农村风光和工业景象交相辉映。他一走进阿罗小镇，就遇到了一起骚乱事件，在一家妓院门口，两位意大利人杀死了两个驻扎在当地的轻骑兵。梵高趁着这起骚乱，走进了这家妓院，从此他成为这家妓院的常客。

杀人事件之后，所有的意大利人都被阿罗政府驱逐了，在很久之后梵高才发现，原来阿罗从来就是一座保守而自私的城市，这仿佛也为他之后被驱逐，埋下了伏笔。阿罗地区几乎从不下雪，很多阿罗人一辈子都见不到一场雪，可是1888年2月20日，梵高来的第一天就下起了大雪。梵高激动不已，这仿佛是一个吉兆，让他心中"寻找日本"的冲动得到了实现。美丽神奇的冰雪和热情好客的妓女让梵高创作欲大盛，大雪之中银杏树迎着寒冷傲然盛开，他折下一枝银杏带回家中，对阿罗的岁月满怀期待。窗外大雪纷飞，他的出租屋里却洋溢着浓浓的春意。宽阔树林里的桃花全部都开了，他开始疯狂地创作，几天之内就完成了14幅画的创作。

一个真正伟大的人，除了痴爱之外，还需要极度的勤奋和自律才能造就他的伟大。梵高的痴爱造成了他的孤独，而梵高的孤独又造就了他的勤奋和自律。因为只有在绘画中，他才能感觉到自己的存在和价值。

梵高像农夫一样，每天都按时去画画，在烈日下，梵高背着沉重的画具。梵高不止一次抱怨过画具太重，但是由于他并没有多余的钱来雇用助手，以及更新画具，所以只能用自己沉重的画架。梵高自己的创作力旺盛，颜料、画纸、画笔等材料常常迅速消耗。然而对于一个崇敬大自然的画者来说，大自然有些时候也会给予他额外的馈赠。

阿罗的田野里长满了卡玛格芦苇，梵高很快就开始利用芦苇秆作画，这种芦苇秆随处可得，而且只要有一把小刀，就可以把芦苇秆制作成画笔。这种上天馈赠的材料，既能节省梵高买画笔的钱，又让他开创了一种新的绘画方式。芦苇秆画出的色彩、点和线条，能非常传神地描绘出干草堆的细节，还有成熟的庄稼，以及繁茂的树木。梵高的前辈，伦勃朗就曾利用芦苇秆画出过许多优秀的作品。塔拉斯贡路，是梵高在阿罗最喜欢的一条路，也是他的一幅另类的自画像，画中所画的是他每天出去作画的样子，画架、画板、颜料、调色板、手杖、午餐……梵高每天都带着重重的装备，走进阿罗的田野。这副样子根本就不像一个艺术家，而像极了一位乡下的农夫。此画原藏于德国的凯撒·弗里德里希博物馆，但可惜在二战战火中惨遭摧毁，已成绝响。

　　阿罗小镇外有一处高地，高地之上有一处古老的遗址。遗址之前是平坦的克劳平原，站在这里，可以俯瞰整个阿罗的状貌。梵高在这里用芦苇秆完成过一幅精美的画作。在这片平原之上，梵高遇见了绚烂的夕阳、金黄的麦田，还有辛劳的收割者。这里离阿罗小镇并不是很近，梵高和他的好友轻步兵少尉米烈曾一起步行到此，一路上梵高给他的朋友讲解美术知识。

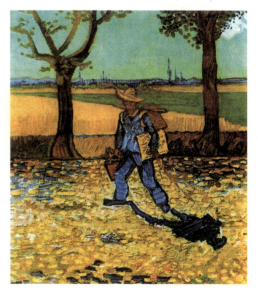

图 61　**上班途中的画家**　1888 年 7 月

图 62　**平畴秋收**　布面油画　73.0cm×92.0cm　1888 年 6 月　阿姆斯特丹梵高博物馆

图 63　**圣马迪拉莫街道**　布面油画　38.3cm×46.1cm　1888 年 6 月初　私人收藏

图 64　**普罗旺斯的干草堆**　布面油画　73.0cm×92.5cm　1888 年 6 月　克洛勒 - 穆勒博物馆

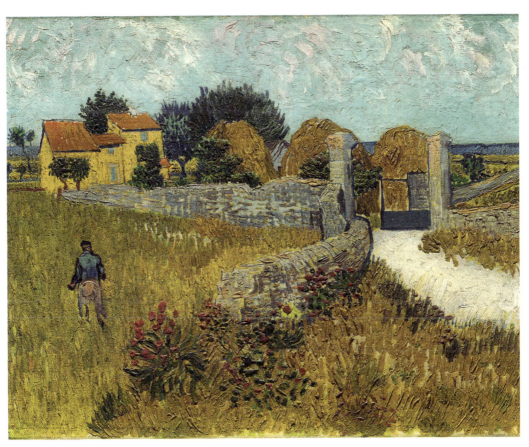

图 65　**普罗旺斯的农舍**　布面油画　46.1cm×60.9cm　1888 年 6 月　华盛顿国家博物馆

播种者

图 66　**播种者**　布面油画　64.0cm×80.5cm　1888 年 6 月　　克洛勒 - 穆勒博物馆

　　梵高到阿罗后不久，在给西奥的信中曾道："我在巴黎所学的似乎已逐渐消失，相反地不断想起昔日乡居时，印象派之前的画法。"这幅画梵高采用黄金比例构图，画里的农夫背对着夕阳，在金色麦田中昂首阔步地行走。明亮的金色给人以醒目而狂热的视觉效果，强烈的黄蓝对比色呈现出了一种别样的夕阳下的麦田景观，梵高早年曾经想成为一个农民画家，也曾数度以"播种者"为主题作画，此画是梵高的得意之作，也是其一生最具代表性的作品之一。

图 67 **播种者** 布面油画 32.0cmx40.0cm 1888 年 11 月 阿姆斯特丹梵高博物馆

图 68　**法国小说**　布面油画　53.0cm×73.2cm　1888 年 10 月　阿姆斯特丹梵高博物馆

图 69　**蓝色珐琅咖啡壶、陶器和水果**　布面油画　65.0cm×81.0cm　1888 年 5 月　私人收藏

莫斯梅

　　《莫斯梅》又名《手持夹竹桃的莫斯梅》。画作名称源于梵高读过的一本小说——皮埃尔·洛蒂（Pierre Loti）的《菊子夫人》。这本书的主人公是一些十三四岁的日本少女，"莫斯梅"正是日本女孩的音译名。她们被租借给西方游客做临时妻子。梵高对这个情节深感震惊。他试图通过画作表现这种畸形的欲望，而少女手中的夹竹桃则成为最好的载体。

　　画中少女面容姣好，大概十三四岁，手拿一支名为"夹竹桃"的剧毒植物（传闻佐阿夫军团当年在阿尔及利亚作战时期，曾有一个小队中毒死于夹竹桃树下）。所象征的，正是梵高在小说中看到的罪恶与欲望。

　　但作为一个声色场的老手，梵高因何会对人的欲望产生罪恶感呢？从他写给西奥的信里我们找到了答案，酗酒过量以及并未痊愈的梅毒导致了他阳痿。在信中，他隐晦提到了自己"无法勃起"的问题。这场身体危机给梵高的画中增加了许多情色感。可能也是因此，他才会更多地将漫漫长夜花费在创作上，就像他在自己的书信中提到的："夜晚，比白天更加绚烂。"

亲爱的西奥：

　　你知道"莫斯梅"这个词是什么意思吗？去读读洛蒂的《菊子夫人》你就明白了。我刚画了一幅莫斯梅，它花费了我整整一个星期的时间，在此期间我没有去做任何事情，因为总觉得这幅画还有些需要完善的地方。这是件让我苦恼的事情，毕竟如果我感觉好的话，就能同时去创作一些其他的风景画了。但为了恰到好处地处理莫斯梅，我不得不保存好精神上的力量以求全力以赴。画里的姑娘是一个真正的日本女孩，年纪在 12 岁到 14 岁之间。

　　我已经有两个要画的人物了，一个就是她，另一个是佐阿夫兵。

文森特

图 70　**手持夹竹桃的莫斯梅**　布面油画　74.0cm×60.0cm　1888 年 7 月　华盛顿国家艺术画廊

佐阿夫军团

图 71　**佐阿夫兵**　布面油画　65.0cm×54.0cm　1888 年 6 月　阿姆斯特丹梵高博物馆

在 1888 年，阿罗当地有一个臭名昭著的军团驻扎——佐阿夫军团，说它令人生畏是因为该军团士兵在法国的坏名声，他们的身影总是伴随着酒色和麻烦。阿罗人将这些士兵浮夸、粗鲁、自大的行为称为"佐阿夫做派"。

图 72 **情人米烈** 布面油画 60.0cm×49.0cm 1888 年 9 月下旬 克洛勒 - 穆勒博物馆

　　米烈是驻防阿尔及利亚的法军少尉，才二十五岁，比梵高小十岁。年轻潇洒，很得女人欢心，所以梵高有意把他画成一个情人。梵高十分艳羡他的女人缘分，但是在信里对弟弟说："米烈艳福不浅，无论他要多少阿罗的女人，都能到手，可是他没有办法画她们；若是他做了画家呢，那就得不到她们。"

图 73 **夜间酒店** 布面油画 70.0cm×89.0cm 1888 年 9 月 耶鲁大学博物馆

夜间酒店

　　梵高去阿罗除了想要寻找心中的日本外，还有一个重要的原因，就是寻找大名鼎鼎的阿罗娇娘。阿罗的美女在全法国都颇具盛名，包括梵高在内，很多来阿罗写生的画家，都会在阿罗寻找自己的娇娘。而梵高最后把他的娇娘锁定在他的房东太太——吉诺夫人身上。这位女士不仅是梵高的房东，也是他的著名画作《夜间酒店》的原型酒吧的老板娘。

　　很多人说，在那幅大名鼎鼎的《夜间酒店》里，左边最后一张桌子后面坐的就是吉诺夫人和梵高自己。那位女士身着黄杉，发型跟梵高画作中的吉诺夫人一样，而男士头戴黄色草帽，身着深色西装，也确实很像梵高。

　　梵高和吉诺夫人之间到底有没有发生过爱情，这其实并不重要，但是梵高把自己内心的爱慕画到了这幅最具有挑逗感和暗流激涌的欲望的名作之中。梵高一生中所喜欢过的女人，大都是忧郁且饱经风霜的熟女，梵高是发自内心地喜欢这一款女人。也有人说，喜欢熟女是因为缺少母爱，这也是一种不错的猜想。

阿罗女子

图74 **吉诺夫人** 布面油画 91.4cm×73.7cm 1888 年 11 月 纽约大都会艺术博物馆

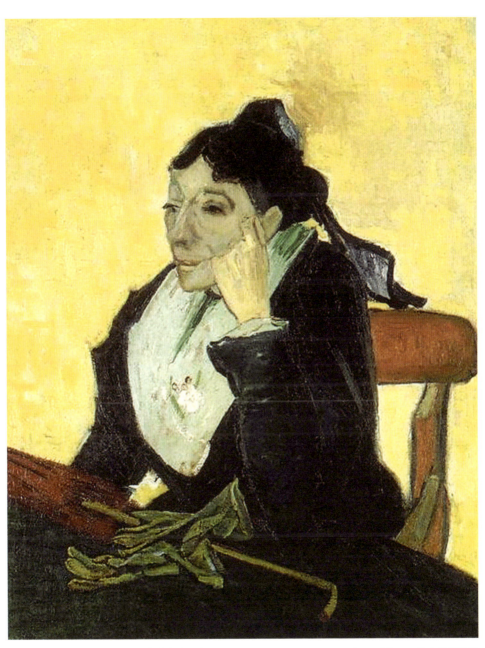

图 75　**吉诺夫人**　布面油画　93.0cm×74.0cm　1888 年 11 月初　巴黎奥赛博物馆

露天咖啡座

　　《露天咖啡座》作于梵高到阿罗的半年之后，和《黄房子》一样，都是他画该镇街景的最早作品。一个晴朗的夏夜，咖啡馆外的平台上顾客正三三两两在桌前交谈，遮阳篷下溢满了暖黄的灯光。深巷里，一辆驿马车正沿着卵石街道辚辚驶来，巷口也走动着行人。巷底的夜色已浓，衬得小镇人家的窗户里，橘色的灯火更加暖亮，而屋顶上的星光更加灿繁。那一簇簇星光，有的远如流萤，有的近如白葩，纷然交辉，真给人隐隐闪动的视觉。这是梵高第一次用星光夜的技法来画星空，虽然比不上次年六月那张《星光夜》那么神奇壮丽，但是出手已自不凡，光晕之幻异迷离，抒情效果之饱满无憾，有若魔助。这时正是他黄色时期的开始。他勤习画论，也勤于实验色彩的组合，发现众色的冷与暖端在对照。在这幅夜景图中，遮阳篷下橘黄灯晕所以显得分外暖目动人，正赖四周或深或浅或整或散的蓝调来衬托。从深巷的蓝黑到卵石道的碎紫，益以窗扉的蓝条与门框的蓝边，梵高的布局实在不简单。在素描的草稿上，右上角原无树枝掩蔽。油画里加上了那一片绿荫，不但增加了纵深，也点明了季节。这时梵高也开始夜间作画，《露天咖啡座》正是夜间现场的写生。

图 76　**露天咖啡座**
布面油画　81.0cm×65.5cm　1888 年 9 月　▶
克洛勒 - 穆勒博物馆

图 77　**隆河上的星光夜**　布面油画　72.5cm×92.0cm　1888 年 9 月　巴黎奥赛博物馆

隆河上的星光夜

亲爱的西奥：

……仰望星空的时候我总是容易产生幻想。这种幻想如此自然，就像我梦到地图上代表城镇和乡村的黑色圆点那么简单。我常常自问，为什么天空中的亮点不像地图上法国的那些黑点一样可以接近？如果我们乘火车去塔拉斯贡（Talasgong）或鲁昂（Rouen），我们就把死亡带到了一颗星上。在这个推理中，一件事情无疑是正确的：当我们活着的时候，我们无法接近星星，只有当我们死去了，才可以乘坐这班火车。

文森特

在阿罗夜晚的独行中，孤独的梵高创作了这幅奇妙的夜景图。也就是他第一幅星光夜——《隆河上的星光夜》。

阿罗的生活缓慢而闲适，这种生活确实就是梵高离开巴黎时想要的"心中的日本"。这样的生活虽然逃避了巴黎的浮华和虞诈，但是因为过度的宁静而有些空虚。于是多余的精力，就化作画笔的动力，在画纸上挥毫飞舞。

这幅星光夜是梵高在夜间创作的，梵高作画时一般都是在现场取景，在创作这幅星光夜的时候，梵高在自己草帽的帽檐上点了几根蜡烛。就是凭着自己草帽上那几株摇曳的烛火，成就了这样一幅绝世名作。

从这里仰望夜空里的繁星，就像看着一张奇异的画卷，而每一个点，都是一座遥远的市镇。

图 78　日落时分的柳树　纸板油画　31.5cm×34.5cm　1888 年秋　克洛勒 - 穆勒博物馆

图 79 **诗人的花园**
布面油画
73.0cm×91.2cm
1888 年 9 月
美国芝加哥艺术机构

海上渔舟

图 80 **海上渔舟** 布面油画 51.0cm×64.0cm 1888 年 6 月初 阿姆斯特丹梵高博物馆

　　那是梵高定居普罗旺斯后的三个多月，他去阿罗西南方地中海岸的小渔村圣玛丽（Les Saintes Maries de la Mer）住了三天，结果画了九张素描、三张油画，十分兴奋。画面上只有渔船三艘，但是海涛汹涌，气势开阔，线条与色彩比其余作品更见活力。

图 81 **圣玛丽海滩上的渔舟** 布面油画 65.0cm×81.5cm 1888 年 6 月底 阿姆斯特丹梵高博物馆

梵高通过这一时期的见闻，拓展了他对色彩的理解。他很喜欢圣瑞米大海的颜色，或许后来梵高发狂之后，愿意去圣瑞米精神病院的原因，就是因为圣瑞米附近有这片无边的大海通往远方。

邮差鲁兰

图 82　**邮差约瑟夫·鲁兰**　布面油画　65.0cm×54.0cm　1889 年 4 月　克洛勒 - 穆勒博物馆

图 83　**邮差约瑟夫·鲁兰**　布面油画　67.5cm×56.0cm　1889 年 4 月　巴恩斯基金会画廊

图 84　**鲁兰夫人**　布面油画　92.7cm×73.8cm　1889 年 1 月　美国芝加哥艺术机构

　　邮差约瑟夫·鲁兰不仅是梵高的模特儿，也是梵高在阿罗为数不多的朋友。在这时期，梵高
为鲁兰一家画了 22 幅肖像。其中，邮差鲁兰本人 6 幅，妻子 5 幅，剩余的 11 幅画的是鲁兰家的
三个儿子。梵高割耳事件发生后，正是邮差鲁兰将梵高送回住所，并叫来医生。

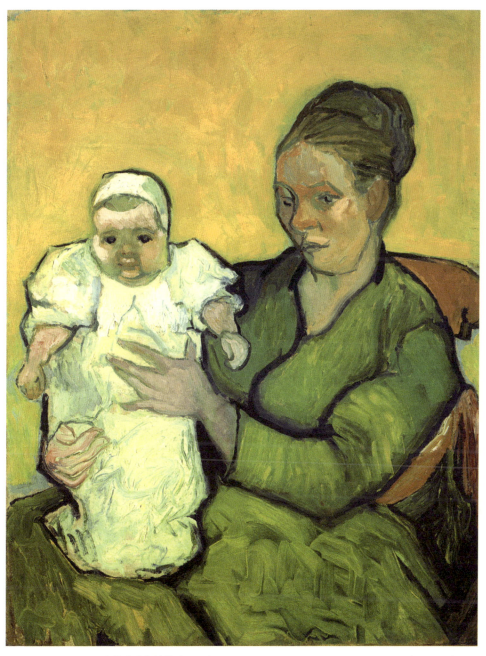

图 85 **鲁兰夫人与她的孩子** 布面油画 92.0cm×73.5cm 1888 年 11 月 费城艺术博物馆

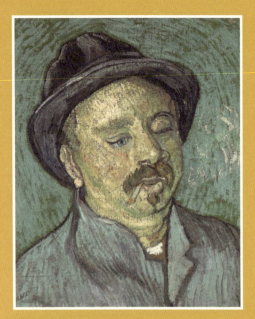

图 86　独眼人
布面油画　56.0cm×36.5cm　1888 年 12 月
阿姆斯特丹梵高博物馆

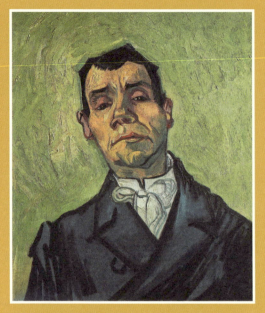

图 87　约瑟夫·米歇尔
布面油画　65.0cm×54.5cm　1888 年 12 月
克洛勒 - 穆勒博物馆

图 88　吸烟者
布面油画　62.0cm×47.0cm　1888 年 12 月
巴恩斯基金会画廊

图 89　费利克斯·雷医生的肖像
布面油画　64.0cm×53.0cm　1889 年 1 月
莫斯科普希金博物馆

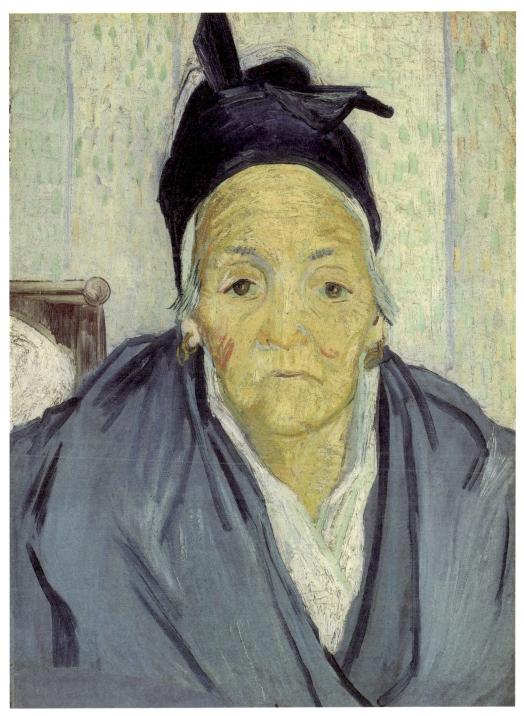

图 90 **阿罗的老妇人** 布面油画 58.0cm×42.5cm 1888 年 2 月 阿姆斯特丹梵高博物馆

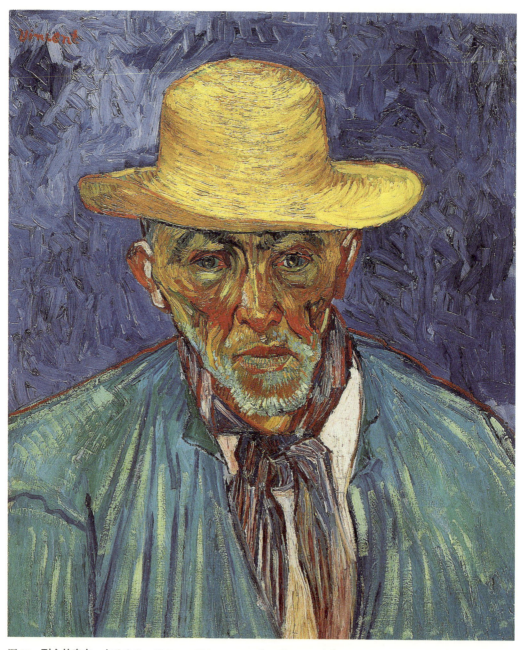

图 91　**耐心的农夫**　布面油画　69.0cm×56.0cm　1888 年 8 月　私人收藏

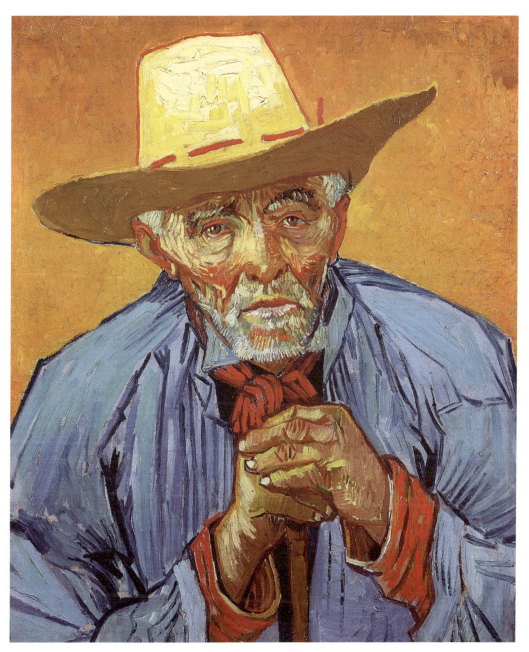

图 92　**农人艾思卡烈**　布面油画　69.0cm×56.0cm　1888 年 8 月　*私人收藏*

　　梵高自称丑陋的另一幅画，是《农人艾思卡烈》。像中的老农夫穿着宽大的蓝衫，戴着阔边的草帽，虽然须发已白，目光却很矍铄。背景反托着蓝衫和浅柠檬的帽子，是一片暖厚的土黄色，那对照，正是普罗旺斯的天蓝与地黄。

图 93 **诗人巴熙** 布面油画 60.0cm×45.0cm 1888 年 9 月 巴黎奥赛博物馆

　　巴熙本非诗人，而是比利时的画家，当时住在阿罗附近。梵高本意要画一位诗人，并以但丁为典型。但丁面长而瘦，颧骨高，颈骨突，隆准鹰钩，和高更有几分相似。梵高原就佩服高更，因此有意用高更做模特儿，但是 1888 年 9 月高更还在法国北部，没有南下。巴熙三十三岁，看来有点但丁的味道，又有点像高更，正合梵高之用。卡莱尔在《英雄与英雄崇拜》里说但丁心中拥有无限，所以梵高就把画像的背景画成星空。他在信中说："在他脑后我画上无限，我给它一个单纯的背景，用最深厚最强烈的蓝色画成。"

图 94 **艺术家的母亲**　布面油画　40.5cm×32.5cm　1888 年 10 月　诺顿西蒙艺术博物馆

　　在给西奥的一封信中，梵高写道："我为母亲画了一幅肖像，我不能忍受黑白照片的单调，我凭借着我对她的记忆给这幅画加上了色彩。" 1888 年 10 月，梵高为母亲画下了这幅肖像，虽然有诸多传闻说梵高与母亲之间有一些尴尬而冲突的经历，但是直到梵高生命的最后一段时间，仍然与母亲通信。而他的母亲也一直在支持儿子的创作。

艾田花园的回忆

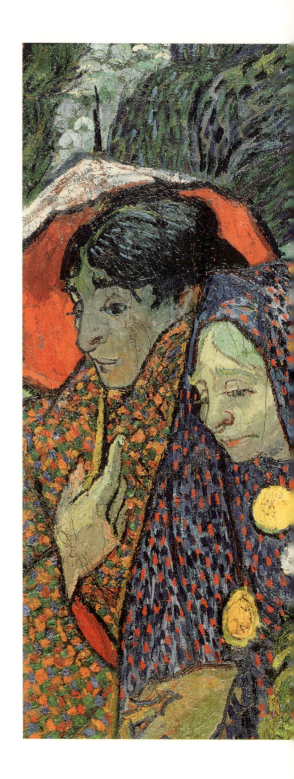

在黄房子期间，梵高创作了许多油画作为自己住处的装饰画，《艾田花园的回忆》便是其中之一。画中的花园位于荷兰艾田－勒尔，梵高在 1881 年复活节至圣诞节期间曾在此与弟弟西奥同住，这是他画家生涯的开端。

这年夏天梵高爱上了新寡的表姐凯伊，并邀请她与其八岁的儿子让到艾田花园同住。据说梵高与凯伊在花园中散步时，梵高向凯伊表白并求婚，但却惨遭拒绝，此后不久，伤心欲绝的梵高便离开艾田，前往海牙。

在 1888 年，梵高创作了《艾田花园的回忆》，画中的两位女士都是寡妇，其中一位是梵高的母亲，而另外一位，梵高总是跟人介绍说这是他的妹妹维尔敏娜。但对比凯伊照片的时候人们会发现，画中女子却与凯伊一模一样。

图 95　**艾田花园的回忆**　布面油画　73.5cm×92.5cm　1888 年 10 月　圣彼得堡埃尔米塔什博物馆

图 96　**红葡萄园**　布面油画　75.0cm×93.0cm　1888 年 11 月　莫斯科普希金博物馆

红葡萄园

　　梵高一生中卖出过的唯一的画就是这幅《红葡萄园》，成交价为 400 法郎。此画在 1890 年 3 月（梵高逝世前四个月），被梵高连同《向日葵》一道寄往布鲁塞尔，在"二十人画展"上展出，并成功得售。此画可以看作梵高生前唯一一个被世界所接受和认同的明证，因此，虽然从创作时间上看，其画应该归为"阿罗时期"。但因此画售出对梵高意义之重，特将其划入"圣瑞米时期"，同时也可将其视为梵高在"圣瑞米时期"为寻求现实和谐、内心平静的过程中，为数不多的一个闪光点。

　　他作品的整体特征是过剩的力度，过度的神经质，是一种激烈的表达。我们已经了解了他的用色，是多么让人难以置信的绚烂，并且有一种金属的宝石般的质感。从他对事物特征的决断中，我们看到一个强势的形象——具有阳刚之气的、大胆的甚至是有些野蛮的，可有时，却又天才的细腻。

　　　　　　　　　　——阿尔伯特·奥里埃

图 97　黄房子　布面油画　72.0cm×91.5cm　1888 年 9 月　阿姆斯特丹梵高博物馆

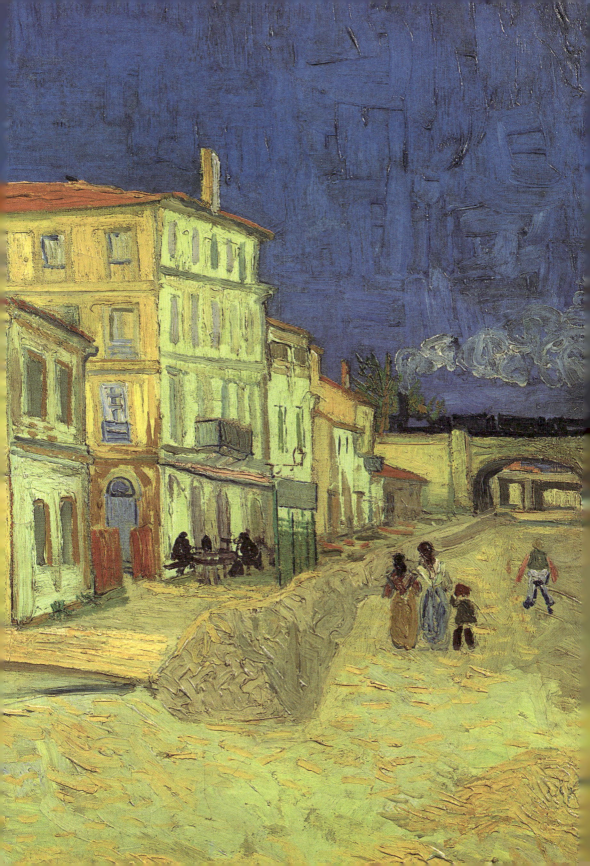

向日葵

图 98　**花瓶里的十五朵向日葵**　布面油画　95.0cm×73.0cm　1889 年 1 月　阿姆斯特丹梵高博物馆

图 99 **花瓶里的十五朵向日葵** 布面油画 93.0cm×73.0cm 1888 年 8 月 伦敦国家美术馆

图 100　花瓶里的十二朵向日葵

布面油画　91.0cm×72.0cm　1888 年 8 月

慕尼黑新绘画博物馆

图 101　花瓶里的十五朵向日葵

布面油画　100.5cm×76.5cm　1889 年 1 月

日本松浦美术馆

图 102　花瓶里的十二朵向日葵

布面油画　92.0cm×72.5cm　1889 年 1 月

费城艺术博物馆

图 103　花瓶里的三朵向日葵

布面油画　73.0cm×58.0cm　1888 年 8 月

私人收藏

图 104　**两朵剪下来的向日葵**　布面油画　43.2cm×61.0cm　1887 年 8 月　纽约大都会艺术博物馆

　　该画系阿罗时期之前的作品，但为体现相同素材之间的不同之处，特将此画安排在"向日葵"系列中。

亲爱的西奥：

　　……我怀着巨大的热情努力工作着，我正在画一些极好的向日葵。目前手上有三幅油画，第一幅画的是绿色花瓶中的三朵大花，浅色调的背景，画布是 15 号的。第二幅是三朵花，其中一朵已经花谢结籽，一朵正在开花，一朵正含苞待放，画布是 25 号的。第三幅是在一个黄色花瓶中的 12 朵花和花蕾，画布是 30 号的。第三幅是光照图，我希望这幅图是最好的。既然我希望和高更一起生活在我们自己的画室中，我就想装饰一下我们的画室。除了大花外，就没有别的什么东西了。

文森特

图 105　**梵高的卧室**　布面油画　72.0cm×90.0cm　1888 年 10 月　阿姆斯特丹梵高博物馆

梵高的卧室

　　在阿罗，梵高一直想要建立一个艺术者之家，他大力邀请好友高更前来黄房子同住。而在高更到来之前，梵高以自己的卧室为主体，创作了多幅同主题油画。在梵高传世的画作中，他在黄房子里为自己卧室创作的绘画堪称其中的佼佼者，《梵高的卧室》是梵高最有名的作品之一，同时也是他最得意的作品之一。纵观梵高的信件，我们会发现他在十多封信中描述过这幅画，由此可见此画在梵高心中的地位。

　　梵高在给弟弟西奥的信中曾经详细地描述了图画中卧室的细节："……我的卧室很简单，不过色彩在这里起到了很大的作用，卧室整体上给人以一种简单宏大的风格，营造出了休息和睡觉的印象。这幅图画会让观者有大脑放松的感觉。墙壁是淡紫罗兰色，地上是红瓷砖。床和椅子的木材是新鲜的黄油色，床单和枕头是黄色中带有浅浅的香橼绿。被单是鲜红色，窗子是绿色，卫生间的桌子是橘红色，还有蓝色的盆，紫丁香色的门。这就是全部了，除了那扇关闭的百叶窗外，房间里再没有其他东西。家具的宽线条也传递出了一种不被打扰的休憩感。因为整张图中都没有白颜色，所以应该给它套上一个白色的画框……"

图 106 **梵高之椅** 布面油画 93.0cm×73.5cm 1888 年 12 月 伦敦国家画廊

图 107　**高更之椅**　布面油画　90.5cm×72.5cm　1888 年 12 月　阿姆斯特丹梵高博物馆

割耳事件

亲爱的西奥：

我愿意相信自己离死亡还很远，然而却能感受到这些比我们更伟大和持久的东西。我们并没有感觉到自己快要死了，但我们能感受到我们实际上是无足轻重的，只是艺术链条中的一环。我们以健康、青春和自由为高昂的代价，我们却不能享受这些，我们就像拉着享受春天的乘客的马。

文森特

为了让高更搬来黄房子，梵高不厌其烦地给他写了很多信，弟弟西奥也一再向高更提出邀请。只不过两兄弟的邀请之中，多少带有了一些捆绑和强求的意愿。高更当时遇到了经济困难，西奥想要成为高更的经纪人。最后以西奥为高更免费提供食宿及画具，高更每个月向西奥提供一幅画作为条件，谈成了高更此次南下之行。当然如果梵高与高更二人能和谐相处，那这也是一件好事情。然而美好的假设，最终逃脱不了命运的安排。

如果有人到你家里做客，你在家里摆上鲜花表示欢迎这个举动很正常，但是在客厅里摆满突兀刺眼的黄色花朵，肯定有人会不喜欢。梵高就是用十多幅刺眼而鲜亮的《向日葵》来迎接高更的，单纯而真诚的梵高并没有意识到这种唐突，他只是觉得把自己最好的作品展示出来，就是在分享自己的热情。然而就像莫扎特去贝多芬家里做客，每天都要被逼着听好几遍《命运交响曲》一样，向日葵很可能让高更不舒服。

一个天才绝对不会被另一个天才捆绑。高更和梵高共住黄房子期间，二人同研画艺。高更个性外倾，自负而专横，善于纵横议论，对梵高感性的艺术观常加挖苦。梵高性情内向，不善言辞，虽然把高更当作见多识广的师兄来请教，却也坚持自己的信念，为之力争。这样不同的两种个性，竟然在同一屋顶下共住了两个月，怎么能不争吵？梵高的癫痫症酝酿已久，到此一触即发。一天夜里，他手执剃刀企图追杀高更，继又对镜自照，割下右耳，送给一个妓女。

　　梵高的画对于当时欧洲印象派以及整个现代艺术的超越：首先，在于绘画形式以及色彩的运用上；其次，在于他画的主题都是普通人的日常生活；最后，最重要的一点，梵高的画是在用抽象的主观情感去塑造客观的事物，他的代表作已经完全冲破或者说抛弃了古典主义和新古典主义的教条和禁锢。印象派的其他大师，不管是莫奈还是高更，毕沙罗还是雷诺阿，他们对新古典主义或者说对当时时代的超越只是在技法、色彩、画风等某一方面。这些画家的身上或多或少还留有新古典主义的轮廓和信条。而梵高的画，不仅在技法和用色上是如此，而且在绘画的表达方式、思维方式上都颠覆性地告别了这些传统。这也难怪青年评论家阿尔伯特·奥里埃会大声预言，拯救现代艺术的只有梵高。

　　不论是《星光夜》还是《梵高的卧室》，我们都可以非常明显地感受到作者情感和思维的跳跃。特别是《向日葵》，梵高的《向日葵》用剧烈而莽撞的黄色冲向一切古典和新古典，冲向一切端着的、自负优雅的假高贵，冲向一切束缚艺术家以及平凡人思想自由的教条和形式以及标准。梵高的艺术就是一头猛兽，代表着未来，但是梵高却被时代杀死。就像柏拉图著名的"洞穴比喻"中那个第一个解开绳索冲出洞穴的原始人一样。自由和保守的人都会在同一种死亡里离开这个世界，但是留下的和新生的生命，却会因为自由者的牺牲过上不一样的生活。这就是梵高的伟大之处，这也正是这段伟大而痛苦的人生所承担的使命。

图 108 **正在画向日葵的梵高肖像** 1888 年 高更作品

图109　**保罗·高更**　油麻布画　37.0cm×33.0cm　1888年12月　阿姆斯特丹梵高博物馆

图 110　**自画像：耳缠绷带**　布面油画　60.0cm×49.0cm　1889 年 1 月　伦敦科陶德研究所画廊

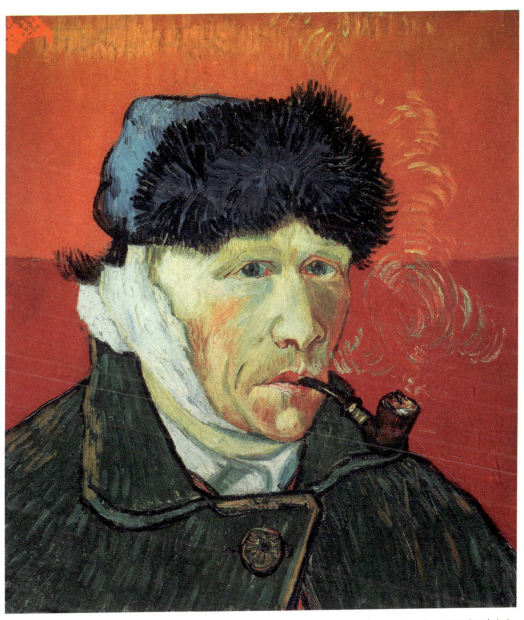

图 111　**自画像：绑绷带叼烟斗**　布面油画　51.0cm×45.0cm　1889 年 1 月　尼阿科斯基金会

在割耳事件发生之前不久，梵高和高更一起去看过阿罗的斗牛表演。在斗牛场上，失败的斗牛会被斗牛士割下耳朵，而斗牛士将得到它。梵高割下自己的耳朵是否与这个习俗有关呢？我们也不得而知。在割下自己的耳朵之后，梵高被送进了阿罗的医院进行治疗。恢复平静之后的梵高完全不记得自己当时做了什么。梵高出院之后，画下了著名的、令人心酸却又过目难忘的割耳自画像。西奥请了一位当地的牧师来照看他。但是不久，梵高开始胡言乱语，说阿罗的居民要毒死他。或许很多人确实有这个想法，很多人也对这位疯狂的画家心怀憎恨。当他走到街道上的时候，小孩子拿烂水果或者其他东西扔他。头上裹着绷带，伤势还未痊愈的梵高满身狼狈，他的内心极度愤怒而孤独，惊慌失措地对着嘲讽和攻击他的人群咆哮。为什么人们这样对待一个病人，为什么阿罗对艺术这么刻薄，为什么这个世界对自己这么冷漠？他在生命中又一次深深地感觉到了被抛弃。有人说，梵高是由于受到了高更在艺术上的嘲讽才变得精神失常的。但是单纯的艺术争论，其实并不足以击垮梵高。可以想象，两位天才的相聚，一定会像火星撞地球一般激烈。在巴黎的那段时间，梵高也一定没有少经历这样的争论甚至嘲讽。艺术的争论对两位画家来说，一定是家常便饭。在艺术上遇见高更，对于孤单的梵高来说，就像是一头饥饿的狮子遇到了一头强壮的水牛，两人可以说是棋逢对手，即使艺术观点不同也不会是二人关系破裂的主要原因。阿罗时期虽然两个人只共处了六十多天，而且结果还不愉快，但是两人还是度过了一些愉快的时光，两人一起去写生，一起去看斗牛比赛，互相给对方画像。

时过境迁，后来者无论如何剖析，都无法真正了解高更与梵高这两位伟大艺术家之间复杂而又离奇的关系。或许艺术的独特天性让两个艺术家注定无法和平相处，但这并不妨碍他们在各自领域成就杰出地位。割耳自画像中，画家头缠绷带，面孔消瘦，眼睛深陷，流露出悲愤和绝望的神情。此图永远留存在世上让后来者为之震颤。梵高死了，却留下了一只著名的耳朵，这最后的遗物似乎并没有失去听觉，收集着后人的议论。这只在故事中存在的失血的耳朵，至今仍像埋设在我们生活中的听诊器，刺探着我们的良心。梵高死了，耳朵还活着，还拥有记忆。为什么不在他呻吟与崩溃的时候，扶持他一把，世界，你听见了吗？你的耳朵长在何处？

图 112　**阿罗病院**　布面油画　74.0cm×92.0cm　1889 年 10 月　*私人收藏*

　　此画创作时期为"圣瑞米时期"，所绘的却是阿罗医院的内部景象，因此将其移至"阿罗时期"中进行呈现。本画中，梵高的观测角度很耐人寻味，似是悬浮在半空中俯览房中病人，从侧面反映了梵高心中那点不可明言的"基督情怀"。

图 113　**阿罗医院的庭院**　布面油画　73.0cm×92.0cm　1889 年 4 月　温特图尔的奥斯卡·莱因哈特收藏

图114 **阿罗的舞厅** 布面油画 65.0cm×81.0cm 1888 年 12 月 巴黎奥塞博物馆

图115　**阿罗斗牛场**　布面油画　73.0cm×92.0cm　1888 年 12 月　圣彼得堡修道院

绝望的信件

亲爱的西奥:

五一到来之际，祝愿你能过得愉快，最重要的是保持身体健康……没有任何医院愿意免费接纳我，即使我会去承担我绘画费用，并把所有作品都留在医院。

也就是说，这里仍然有一些小小的不公。但即使如此，如果有人把我带进来，我就愿意顺从。如果我没有你的友谊，他们会冷酷地引导我自杀，我是如此懦弱。我希望我们两个人可以与社会作斗争，保护自己。

你应该很清楚马赛那个号称因为喝了苦艾酒自杀的画家，这绝对不是真相，他自杀的原因其实很简单，就是他已身无分文，却没有人愿意接济他。此外，他绝非为了玩乐而去喝苦艾酒的，因为他已经生病了，喝酒可以让他继续活下去。萨勒先生去圣瑞米了，他们不允许我在精神病院外作画，也不愿承担这不到100法郎的花费。这是个非常坏的消息，如果我可以去外籍兵团5年，并通过这段时间来走出困境，那就再好不过了……

文森特

亲爱的西奥:

……在镇上……现在没有人会和我说话，我在公园里画画的时候，除了一些好奇的路人之外，不会再被过多地打扰……

文森特

亲爱的西奥:

我非常高兴能见到西涅克，如果他会经过这里的话。相信院方一定会允许我和他外出去看我的油画的。如果我继续待在这儿，我早晚会真疯掉的，我想出去，想要自由。对我来说最好的事情就是不能单独居住，但是如果要因为我而牺牲另外一个人的生活的话，我想我宁愿一直待在监狱里。

文森特

亲爱的西奥：

我似乎能感觉到你这封友好的信中包含着的苦恼，我觉得我有责任不再沉默下去了。我会尽我所能给你写信，这里的我，不是一个精神病人，而是你熟悉的兄弟。这是真的，这里有些人给市长写信，在一封超过 80 个人签字的请愿书里，他们把我说成了不适合拥有自由的人……然后警察和一帮检察员便发出了把我再次关起来的通知……所以请你一定理解，当看到许多人聚集在一起反对一个人，并且是一个病人的时候，这是一种多么令人难以置信的打击……

文森特

亲爱的西奥：

当你收到信的时候，应该已经回到巴黎了，希望你和你的妻子过得愉快。很感谢你的来信和附上的 100 法郎钞票。今天我在医院安顿下来之后，这个月仍然有足够的存款。月底我就能去圣瑞米医院，或者其他类似于这样的机构了，这是萨勒先生告诉我的。很抱歉我没去逐一论述当中的利弊。目前光是聊这些东西对我来说都已经是一种精神上的折磨。我希望这已经足够了，我知道，让我独自重开一间画室已然成了奢望，无论在阿罗还是其他地方都一样。我试着让自己去重新开始，但目前来看是不可能的。我害怕失去工作能力，我只能逼着自己去承担起画室的责任……

文森特

亲爱的西奥：

有时候就像波浪冲击着阴沉绝望的悬崖一样，我有一种强烈的，想要拥抱一些东西的渴望，我不想严肃地来看待它们，毕竟这是过度兴奋所产生的幻觉，而不是真正看到的景象……

文森特

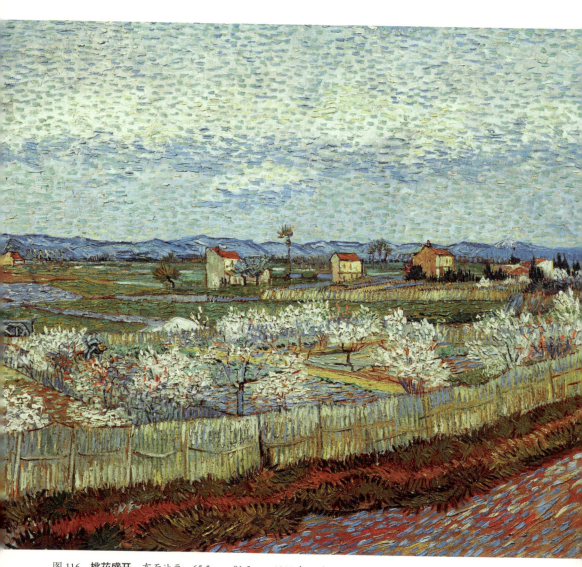

图 116　**桃花盛开**　布面油画　65.5cm×81.5cm　1889 年 4 月　伦敦科陶德研究所画廊

　　这幅画是梵高自 1888 年在法国南部定居以来经常画的阿罗外平原的最后一幅画。

亲爱的西奥：

　　我相信我精神上的疾病已经康复了，所以给你非常友好的那封信写回信也没有意义……这里的人们似乎有些迷信，他们对绘画有着一种莫名的恐惧，他们经常在城镇中讨论我的图画……不幸的是，我感觉自己更倾向于被别人的信仰所影响，并且不能反驳，真理可能存在于荒诞之中……

文森特

　　保守而排外的阿罗人最终对梵高不堪忍受，他们像上次驱逐全城的意大利人一样，再次联合起来。30 个代表，带着驱逐梵高的请愿书呈送给阿罗市长。在这封超过 80 个人签名的请愿书里，阿罗人称梵高为"渣滓""酒鬼""变态"和"流氓"，并把梵高描述成一个危险的不适合自由行动的精神病人。从 1888 年 12 月 23 日到 1889 年 5 月，在阿罗这五个月的时间，梵高过着苦难的日子，以下是这段时间，梵高主要的经历：

　　12 月 23 日因失望与自责，梵高割下了一小块耳朵；

　　几天后，西奥收到高更发来的短电报称梵高"重病缠身"，西奥当即便踏上了长达 450 英里的旅程，然后在主宫医院隔热病房找到了哥哥，由于要准备自己的婚礼，短暂停留和梵高聊天后，西奥离开了阿罗；

　　1889 年 1 月底，梵高出院回到了黄房子，迅速恢复身心只为告诉弟弟他没事；因弟弟忘记了给他寄 1 月份的房租费用，1 月底梵高被警察带走；

　　2 月 25 日，梵高再次被警察抓进了医院，因为附近邻居认为他有病发起了请愿书；

2 月底，梵高在法院反驳了邻居的诬告；

3 月末，梵高的医生菲利克斯·雷替梵高办理了医院的出院手续，弟弟因为要打理婚礼事宜，忘记搭理在阿罗出事的哥哥；几天后，保罗·西涅克来访，梵高感谢这位知己能够与他短暂交流几天；

4 月 17 日，西奥和约翰娜·邦格结婚；

4 月末，梵高自愿要求入住圣瑞米疗养院；

5 月 8 日，梵高成功入住，弟弟写信告诉院长，哥哥的精神状况没有什么问题，让他住院只是为了调养身心，防止旧病复发。

阿罗时期可以说是梵高生命痛苦的巅峰，同时也是其艺术创作最高潮的阶段。从现实的角度来看，梵高有着充分的理由不被世俗所接受。他长相平庸，又并非年少多金，酗酒、嫖妓无所不通，其性格在外人看来也是疯癫偏执，如此人物，试问哪个普通人能够与其友好相处？

但就是这样一个人，其内里却有着高于世俗的艺术灵魂。梵高在阿罗时期共画了 200 多幅画。当世俗无法容下他时，他依然在世俗中踽踽独行，哪怕是在最潦倒落魄的时候，他也不曾放弃过内心绘画的冲动。事实上，梵高对于自身绘画能被多少人所接受并没有太高的要求，对于他的画卖出的价格，他只期望能够用来买画布和颜料。从某个角度来说，哪怕特立独行至此，梵高对于周遭的人群依然是无害的，但人们无法容忍这么一个特例的存在，梵高终遭驱逐。

图 117　**阿罗妓院**　布面油画　33.0cm×41.0cm　1888 年 10 月　巴恩斯基金会画廊

我的画笔在指尖游走
仿佛是飞舞在小提琴上的弓
完全随着我的心意舞动

余光中讲梵高

CHAPTER

05

圣瑞米时期

1889.04—1890.05

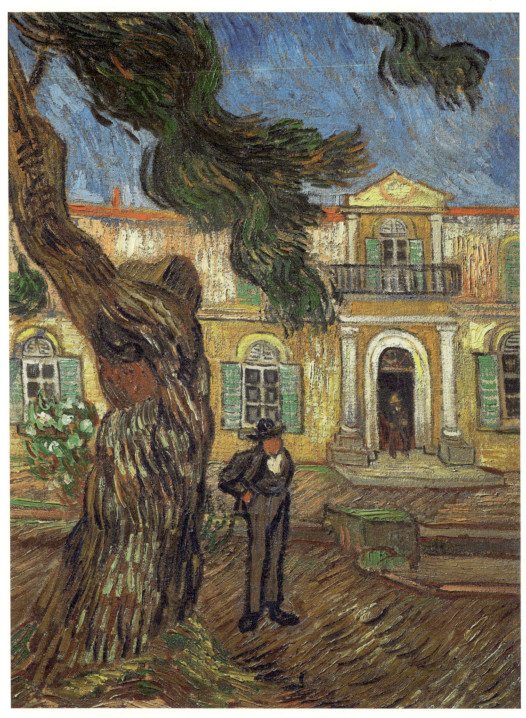

图 118　**圣保罗医院花园里的松树**　布面油画　58.0cm×45.0cm　1889 年 11 月

亲爱的西奥：

　　……我想告诉你，我来这里对我来说很好。我看到了这里许多疯子和精神病人的真实生活。这让我在内心里对他们朦胧的恐惧消失了。我也逐渐将我的疯狂和其他疾病一视同仁。目前来看，换个环境对我来说挺有帮助的。据我所知，这里的医生认为我应该是某种癫痫病发作，但我并没有问太多……它让我的生命浑浑噩噩，了无生机。我在考虑要不干脆承认我就是个疯子吧。

文森特

亲爱的院长：

　　经当事人也就是我哥哥的同意，我写信求你获准文森特·威廉·梵高住进你们的精神病院。

　　我请求你将他与你们的三等病人安排在一起。如果他想离开你们医院外出作画，届时，希望你们不要反对。另外，对于他需要的照顾，我就不多说了。但我想，应该会受到与你们其他病人同样的对待。

　　我希望你能允许他至少每餐喝半升酒。

西奥·梵高

图 119 **野玫瑰** 布面油画 24.5cm×33.0cm 1890 年 4 月 阿姆斯特丹梵高博物馆

图 120　**巨型孔雀蛾**　布面油画　33.5cm×24.5cm　1889 年 5 月　阿姆斯特丹梵高博物馆

图 121　**鸢尾花**　布面油画　71.0cm×93.0cm　1889 年 5 月　洛杉矶盖蒂中心

图 122　**花瓶里的鸢尾花**　布面油画　73.7cm×92.1cm　1890 年 5 月　纽约大都会艺术博物馆

梵高在 1889 年 5 月到 1890 年 5 月间在离阿罗 15 千米外的圣瑞米精神病院疗养了一年。这家精神病院在当时名噪一时，举世闻名的末日预言家诺查·丹玛斯出生于此。史料和信件中体现，梵高是自愿入院治疗，但是这种自愿之中隐含了多少的无奈和沮丧，那可能无人知晓。

　　与阿罗的精神病院一样，圣瑞米精神病院的前身也是一家修道院——12 世纪的奥古斯丁会的修道院。建筑里有相似的回廊，建筑风格与阿罗的精神病院也非常相似。这里的环境给人一种强烈的世外气息。高墙内是一个与世隔绝的空间，这种氛围立刻融进了梵高的创作之中。在此期间，他画了 150 幅画，但是只有 7 幅画署了名。这段时间是他在创作上最变化无常、跌宕起伏的时期。

　　西奥对哥哥的感情从未变过，但是对哥哥的关心肯定会因为新建立的家庭而减弱。梵高入院之前西奥亲自写了一封信给院长。

　　大部分时间梵高是通过自己病房的窗户对位取景来进行创作的。在这扇铁窗之内，梵高创作了很多作品。来到圣瑞米 3 个多月后的秋天，他向窗外望去，看到了一位农民正在田间收割玉米，那是一个阳光充足的午后，金色的阳光照着金黄的玉米地。梵高之前也创作过《收割者》，但是从来没有使用过像这幅画这种充满着强烈张力的黄色。他说，收割者挥舞的是死神之镰，玉米则代表着世间的凡人。这幅作品带着一种狂热的积极，因为死神在收割生命的时候，带着微笑。

　　然而他无法超越医院院墙的禁锢，高高的院墙成为他画作中一个永远的心灵桎梏。这堵墙也在梵高的画作中反复出现，就像一个挥之不去的诅咒。这道围墙是圣瑞米医院花园的围墙，虽然后来医院允许他外出作画，但一个人被认定为精神病人之后，内心所被包围起来的那堵墙已立起在梵高的生命中。

图 123　**夕阳下的松树林**　布面油画　92.0cm×73.0cm　1889 年 11 月　克洛勒 - 穆勒博物馆

图 124　**雨中麦田**　布面油画　74.3cm×93.1cm　1889 年 11 月上旬　费城艺术博物馆

麦田里的收割者

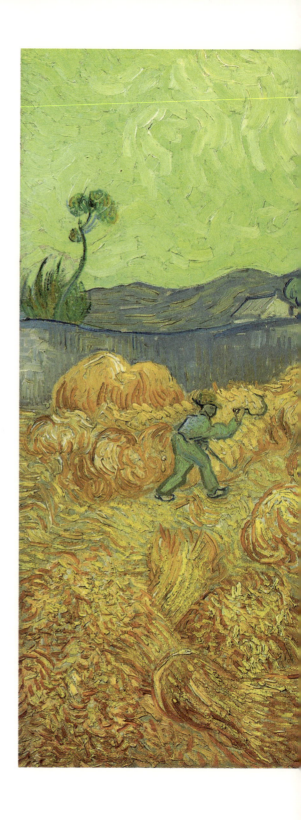

亲爱的西奥:

　　谢谢你寄来的画布、颜料、画笔、烟草和巧克力,我都收到了。这让我感到由衷的高兴。我正想要多画一些画。另外,这几天我一直在医院附近作画。那美丽的山水、天空的蓝色,还有太阳,一切都是如此美好。画笔随着我的指尖在游走,仿佛是飞舞在小提琴上的琴弓,完全随着我的心意舞动。

　　我正在努力完成一幅画,这是我生病之前就开始画了的。是一幅收割者的习作,画面中一片金黄,我用了很厚的着色,但画的主题简单而美丽。一个像魔鬼一样的模糊身影,正在炎炎烈日下辛苦地劳作。我在画里面看到了死亡,看到了人最终也会像麦子一样被收割。这与我之前画的收割者截然不同,这种死亡并不哀伤,因为它发生在太阳之下,有着太阳给万物洒下的金色。

　　　　　　　　　　　　　　文森特

图 125　**麦田里的收割者**

布面油画　73.0cm×92.0cm　1889 年 9 月

阿姆斯特丹梵高博物馆

图126　**村舍和柏树：布拉班特的回忆**
布面油画　29.0cm×36.5cm　1890年
阿姆斯特丹梵高博物馆

亲爱的文森特：

　　前几天收到了你的来信，很高兴地看到你至少在很长一段时间内保持恢复（如果恢复不是永恒的话），而在这段时间内，你将很好地去工作。最近我一直待在布列塔尼，和我在一起的荷兰朋友德哈恩收到了一封友人来信，信中对你的油画进行了评价，说你的新作比其他油画更有艺术性和想象力。我很高兴你们还记得我们曾经聊过的关于绘画的内容，德哈恩在这方面取得了真正的进展。

……………

　　要在画上描绘这种感觉是很难的，你要看到木头的颜色，绿色与黄褐色交织的背景，黄色的花、金色的头发、绿色的人物。尽管有标题，人们看起来却有着与标题相悖的悲伤……

　　德哈恩向你致以亲切的问候。

　　你真诚的

保罗·高更

图 127　**绿色麦田**　布面油画　73.0cm×93.0cm　1890 年 5 月　华盛顿国家博物馆

图128　**杏花盛开**　布面油画　56.0cm×43.0cm　1889 年　阿姆斯特丹梵高博物馆

　　这是梵高送给刚出生的侄子小文森特的受洗礼物。在法国南部，杏树通常在早春 2 月开放，是开花极早的花树，所以在梵高眼中，杏树是生命的象征。画中所绘的是一棵杏树的某个分叉部分。大段的青蓝色与花瓣的纯白的舞动形成了鲜明对比，生机勃勃，充满着生命的纯洁与美好。此画作于梵高生命的最后一年，号称是他一生中唯一感到快乐的画。此刻的梵高似乎忘却了自身的痛苦与煎熬，面对盛开的杏花，他心怀对新生命的圣洁祝福。

麦地边的丝柏树

在梵高 1888 年 7 月初从圣瑞米精神病院写给西奥的信中，他这样描述了有关丝柏树系列绘画的进展："我开始在画布上画丝柏了，上面还有一些麦穗和罂粟花。蓝天就像一块苏格兰花呢布。所有这些我都用厚颜料画成……那麦田沐浴在阳光下，尤显热忱与敦厚。"梵高觉得这幅洒满阳光的风景是他所描绘的所有夏季作品中最优秀的。因此他用同样的构图画了三幅画，一幅是用苇管笔画的纸面油画，另外两幅是布面油画。

《麦地边的丝柏树》没有鲜明色彩的对比，取而代之的是曲线所构成的扭动形体。油画中那随风摇晃的柏树犹如擅动的灵魂，在大地和天空之间飞舞，那是灵魂深处的呼喊，那是对生活的渴望，那是对现实的无奈和悲痛欲绝。它所表达的主题就是生命与力量，充满压抑不住的激动和热情，他经常运用飞舞的线条和强烈的色彩来抒发这种激情。在这幅画里道路旁的柏树就像黑色的火焰，这些卷曲着的线条相互扭结着蹿向天空。柏树旁是一片金色耀眼的麦田，它是太阳的色彩，生命的象征。用一种短促急速和旋转的线条，把天空和道路描绘成永不休止、滚滚向前的湍急河流。

图129　**麦地边的丝柏树**　布面油画　73.0cm×93.5cm　1889 年 6 月底　纽约大都会艺术博物馆

图 130　**有柏树和星星的路**　布面油画　92.0cm×73.0cm　1890 年 5 月　克洛勒 - 穆勒博物馆

图 131　**两棵丝柏树**　布面油画　93.3cm×74.0cm　1889 年 6 月　纽约大都会艺术博物馆

星光夜

《星光夜》属于圣瑞米时期。梵高对于星空异常神往，甚至用来做人像的背景，例如那张《诗人巴熙》，似乎把像中人提升到星际层面与永恒同在了。这种渴慕星空的宗教热情，到了癫狂发作后的圣瑞米时期，迸发而为《星光夜》一类的夜景，有时画面更见层月交辉。这一幅《星光夜》，人间寂寂而天上热烈。下面的村庄果然有星月的微辉，但似乎都已入梦了，只有远处教堂的尖顶和近处绿炬一般的柏树，互相呼应，像谁的祷告那样，从地面升向夜空。而那夜空浩浩，正展开惊心动魄的一大启示，所有的星都旋转成光之旋涡，银河的长流在其间翻滚吞吐，卷成了回川。有些人熟视此画会感到晕眩。这正是梵高的感受，在此之前，他久已苦于晕眩，并向贝尔纳承认自己有惧高症。在巴黎，他的症状严重得甚至不惯于爬楼，且说感到"阵阵的晕眩，像在做噩梦"，难得的是别人也许因此而自困，梵高却把自己的病症转引成艺术，带我们去百年前也是永远的星空。

图 132 **星光夜** 布面油画 73.0cm×92.0cm 1889 年 6 月 纽约现代艺术博物馆

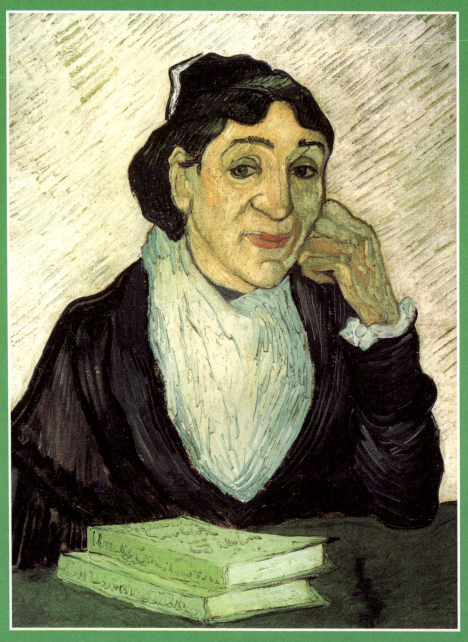

图 133　**阿罗的吉诺夫人**　布面油画　65.0cm×49.0cm　1890 年 2 月　克洛勒 - 穆勒博物馆

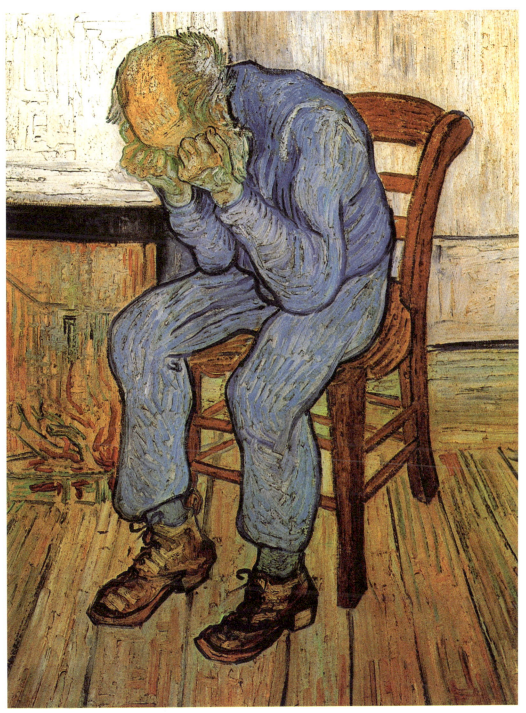

图 134　**悲伤的老人**　布面油画　81.0cm×65.0cm　1890 年　克洛勒 - 穆勒博物馆

自画像

图 135　**自画像**　布面油画　57.0cm×43.5cm　1889 年 8 月底　华盛顿国家博物馆

　　梵高的自画像很多，变化亦富，往往是透过"丑"的外表来探审内在的真情，并不企图美化。那许多自画像，激烈肃峻之中带着温柔，有时戴帽如绅士（巴黎时期），有时清苦如禅师（阿罗中期），有时右耳包着伤口（阿罗后期），有时失神落魄如白痴（阿罗后期），有时咬紧牙关睥睨如烈士，形形色色，其面目恐怕是观众印象最深的画家了。

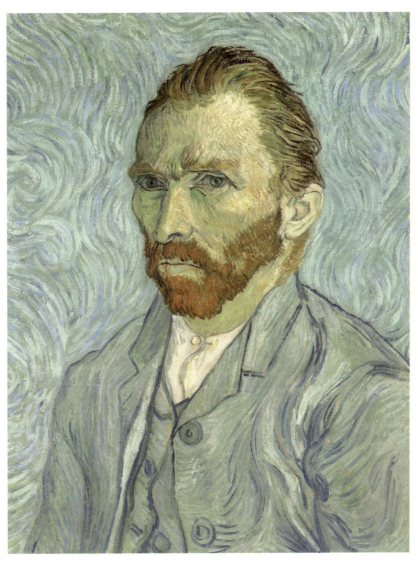

图136 **自画像** 布面油画 65.0cm×54.0cm 1889年9月 巴黎奥赛博物馆

从巴黎时期起，梵高的自画像在背景上出现了光圈。圣徒或天使头顶的光圈，被梵高分解成点画派手法的色彩旋涡，一层层骚动的同心圆，一股股疾转的断续圆弧，把人像围拱在中央。评论家认为这是梵高自命基督的意象，出现率之高令人信服。有时他在画别人的像中也顶以光轮，他自认这画法是一大贡献，并说："我想把男女画得都带点永恒，就是以前用光圈来象征的那东西。"

图 137　**戴草帽的自画像**　纸板油画　19.0cm×14.0cm　1887 年　阿姆斯特丹梵高博物馆

　　《戴草帽的自画像》是梵高另一幅具有争议的自画像，很多观点认为这幅画像画的其实是他的弟弟西奥·梵高。在此之前，人们一直猜测梵高的众多自画像中，是否有一幅画的其实是弟弟西奥？在 2011 年，阿姆斯特丹梵高博物馆高级研究员路易斯·范·提伯格（Louis van Tilborgh）明确提出，这幅《戴草帽的自画像》所画的，其实就是西奥。因为这幅画中描绘的男子，有着一个长满赭色胡子的脸颊，这正是西奥的胡须颜色。另外，在画像的上部，画中人的耳朵像个圆贝壳，相比于梵高，这更像是西奥的耳朵。

图 138　拉撒路的复活

仿伦勃朗　布面油画　50.0cm×65.0cm　1890 年 5 月　阿姆斯特丹梵高博物馆

　　从巴黎时期到圣瑞米时期，梵高一生共画了近四十幅自画像（油画），最著名的是两幅割耳自画像和圣瑞米时期的几幅背景中带有神圣光环的自画像。但有学者认为，这幅《拉撒路的复活》的画中主体虽然是圣徒拉撒路，但其所影射的，其实就是梵高自己。

圣瑞米期间，梵高有过在田间作画后发病的经历，他是在创作哪一幅画的时候发病的，我们无从知晓。我们只知道，他回病房后试图通过吞颜料来自杀。这次发病康复后，在写给西奥的信中有一段他描述过自己发病的经历："恍惚间，有人唱起了圣歌，就像中了邪了一样开始赞颂上帝。"他并不认为这是源于自己内心里的那种"荒谬的宗教心灵风暴"，他将此归咎于精神病院里阴雨的色调和格局。但这种失常，毫无疑问源于他的内心，而不是外物。

有学者研究，梵高会在自己感到被抛弃时发病，但是这位伟大而孤独的艺术家的一生里，充满了太多的沮丧、失落、否定和拒绝，他的病并不是简单的情感刺激，而是一种长期积压的生命负担。

圣瑞米精神病院的首席心理学专家让－马克·波隆医生（Dr. Jean-Marc Boulon）认为梵高患精神病的原因跟他一生的经历有关。波隆医生认为，梵高得的是一种叫作"颞叶癫痫"的癫痫病。同时他的癫痫还并发有另一种精神疾病——双向情感障碍，即俗称的"狂躁抑郁症"，其症状为敌对性人格以及情绪的巨幅波动。

为梵高作出诊断的是圣瑞米医院当时的首席医生——佩蓉医生，他认为梵高只是单一的癫痫，而且可能反复发作。这个诊断对当时的梵高来说却是一件好事，因为癫痫是间歇性发作的，所以院方允许他在野外作画，并允许他在附近的乡间四处走动。

图 139　**天使半身像**　*仿伦勃朗*　布面油画　54.0cm×64.0cm　1889 年 9 月　私人收藏

图 140　**夜晚**　仿米勒
布面油画
74.5cm×93.5cm
1889 年 10 月下旬
阿姆斯特丹梵高博物馆

　　梵高一生受法国现实主义
画风的影响颇深。梵高早期以
灰暗色系进行创作，直到他在
巴黎遇见了印象派与新印象
派，融入了他们的艳丽颜色与
画风，创出了他独特的个人画
风。他最闻名的作品多半是他
在生前最后两年创作的。

图 141　**蹒跚学步**　仿米勒
布面油画
72.4cm×91.2cm
1889 年 9 月
纽约大都会艺术博物馆

　　此画亦是梵高临摹自米勒
的同名作品，但整幅画都体现
着梵高个人的风格。蓝、黄、
绿色等高明度的，属于自然界
的颜色，让人充分感受到了生
命的雀跃，画中人和物上的厚
实的黑色线条明显是受到日本
绘画艺术的影响。

图 142　**在海上的人**　仿维吉尼亚·埃洛蒂
布面油画　66.0cm×51.0cm　1889 年 10 月
私人收藏

图 143　**乐善好施者**　仿尤金·德拉克洛瓦
布面油画　73.0cm×60.0cm　1890 年 5 月
克洛勒 - 穆勒博物馆

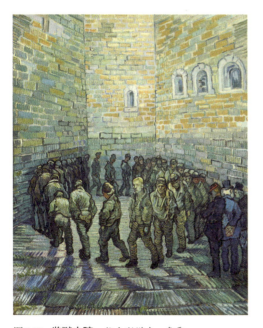

图 144　**监狱内院**　仿古斯塔夫·多雷
布面油画　80.0cm×64.0cm　1890 年 2 月
莫斯科普希金博物馆

图 145　**圣母恸子图**　仿尤金·德拉克洛瓦
布面油画　42.0cm×34.0cm　1889 年 9 月
梵蒂冈博物馆

休闲时光

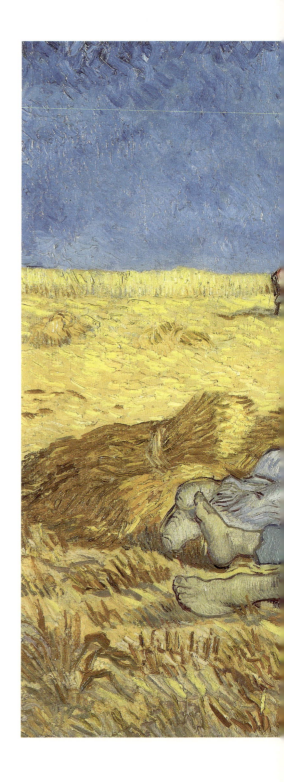

让·弗朗索瓦·米勒（1814年—1875年）是法国近代绘画史上最受人民爱戴的画家，作为后进之辈，梵高在圣瑞米时期共仿照米勒画了21幅仿作。对于这些作品，梵高并不认为自己只是单纯的模仿，他解释道："我并不是在单纯地照搬米勒，在我看来，这些画就像将米勒的那些作品翻译成了另一种语言、另一种颜色，以及另一种明与暗、白与黑的对比印象。"

梵高认为米勒是"比马奈更现代的画家"。在这幅画中，梵高将乡间盛夏宁静午后的热情释放了出来。他曾于1885年写道："描绘小农生活是很严肃的事情，如果我没有尝试描绘出意涵深远的画面，那我应该自责并感到羞愧。"

梵高在米勒的画作中学习到了自然的神韵，并从中获取了诸多灵感，所以梵高对米勒画作的临摹有一种别样的切入。他以超凡的想象以及独特的线条为画作赋予了新的呈现，就像这幅《午后下班的休闲时光》，蓝色的天空、金色的稻草堆与麦田，与躺在草地上的慵懒的农夫构成了一幅和谐生动的画面。因此，梵高对米勒的临摹画作，一直是后人津津乐道的话题。

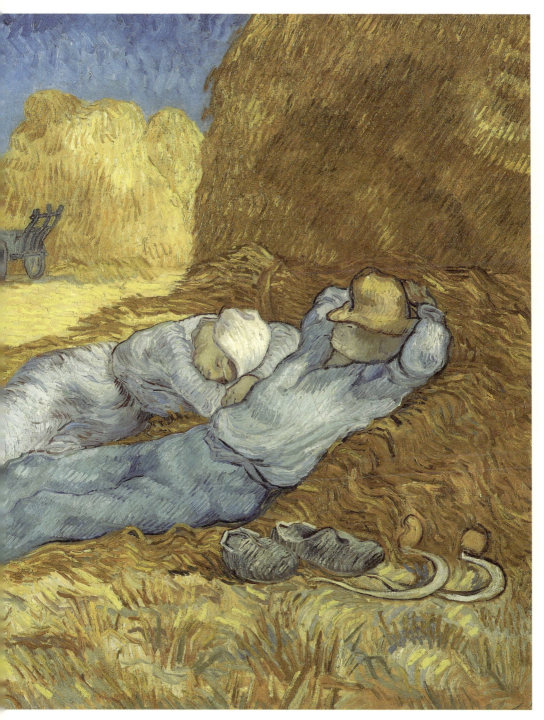

图146　**午后下班的休闲时光**　仿米勒　布面油画　73.0cm×91.0cm　1890年1月　巴黎奥赛博物馆

图 147　黄色背景下插着鸢尾花的花瓶
布面油画　92.0cm×73.5cm　1890 年 5 月
阿姆斯特丹梵高博物馆

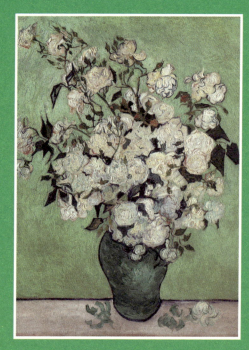

图 148　花瓶里的粉色玫瑰
布面油画　92.6cm×73.7cm　1890 年 5 月
纽约大都会艺术博物馆

图 149　**白玫瑰**　布面油画　71.0cm×90.0cm　1890 年 5 月　华盛顿国家博物馆

该画系梵高生前最后一幅白玫瑰。

我被广阔的平原所吸引

它映衬着山

像无边的海

余光中讲梵高

CHAPTER

06

奥维时期

1890.05—1890.07

莫惊醒金黄的鼾声

　　1990 年 7 月，初访荷兰，不为风车，也不为运河，为的是梵高逝世百周年的回顾大展。一连两天，在阿姆斯特丹和奥特罗的博物馆长廊里，仰瞻低徊，三百八十幅的油画和素描，尽情饱览，入神之状，简直有若梵高的圣灵附身。

　　7 月 14 日，我们又去了巴黎。巴黎不能算是梵高的城市，但他的联想却是难断的，尤其是近郊的奥维，因为他就葬在该处。梵高之旅不甘就此结束，第二天中午我们又抱着追看悲剧续集的心情，去访奥维。

　　五年前在巴黎小住，熊秉明先生曾经带我去凭吊米勒在巴比松的故居，田园的意趣宛然犹在。有一次心血来潮，想就地印证一下莫奈那些帆影弄波的河景，便和我存约了文娴、怀文去访阿尔让特伊（Argenteuil），不料塞纳河上杳无片帆，对岸更有工厂的烟囱矗起，扫兴而归。

　　奥维的全名是 Auvers-sur-Oise，意为瓦斯河畔的奥维。可以想见叫奥维的法国小镇不止一个，所以再用河名来区分。这瓦斯河是塞纳河的支流，由东北向西南，蜿蜒流经奥维与蓬图瓦斯（Pontoise，瓦斯河桥之意），注入主河。奥维镇小，人口只有五千，甚至在法国公路的行车详图上，屡用放大镜来回搜寻也找不到。不过它在巴黎北郊并离蓬图瓦斯不远，是可以确定的。于是我们坐地铁去火车北站，果然在路线牌上找到了奥维。

　　我们上了火车，西北行至蓬图瓦斯要等两小时才有车转去奥维。那天是星期天，又是法国国庆的次日，镇上车少人稀，商店处处关门。天气却颇干燥，晴空一片净蓝，正是下午两点半，气温约莫二十七八摄氏度。这在巴黎说来，要算天热的了，不过无燥无汗，阴地里若有风来，尚有凉意。

　　我们沿着颇陡的石级，一路走上坡去，手里分担提着水果和矿泉水。我们一共是五人，除了我们夫妻、幼珊、季珊之外，还有痖弦的女儿小米。季珊和小米都在法国读书，一个在翁热（Angers），一个在贝桑松（Besançon），虽然法语尚未意到舌随，却也义不容辞，好歹都得负起法国通的向导之责。荷兰的梵高大展她们未能观赏，但是就近去吊画家之墓，也不失为一程"感性教育之旅"吧。

　　终于到了坡顶，再一转弯，就是圣克路教堂了。一进去，里面便是中世纪的世界，深邃、安静、阴凉。在欧洲旅行，教堂不论大小，通常可以推门而入，到另一个时光里去歇脚，由你闭上倦目，冥冥入神。我把两枚 10 法郎的硬币分给季珊和小米，让她们投入捐献柜里，并且各取一支白烛，向圣母像前接火点亮。我们顺着侧廊一间间巡礼过去，到了最后一间，被上下两层的雕像深深感动，瞻仰了许久。都是大理白石的雕刻：下层是耶稣被二徒抱下十字架，另有四人在下接应，圣母也在其中，那面容，低首垂目，悲切之中透出慈爱，加上女性的包容与温婉，真令世上的人子不胜其孺慕之眷眷。雕刻家不知是几世纪前的人了，但是那深厚真挚的敬爱之情，仍从栩栩的顽石里透出，一波波袭来，攫住我，一个过客与异教徒，攫住我，在那难忘的下午。上层则是耶稣复活了，从棺中立起，罗马兵四人惊视于两侧，并有天使翩然为耶稣开道。

　　梵高早年在比利时的矿区传道，摩顶放踵，推食解衣，俨然有基督之风。后来他在教会受挫，把一腔博爱转而注入艺术，化成了激动的线条、热烈的色彩，因而分外感人。万物在他的画里，不但人格化，甚且神格化了。梵高所以感人，在于他的画"情溢于词"，最具宗教与文学的精神。他的某些自画像，用断续的弧线，把基督的光圈"解构"为急转的旋涡，戴在头上，隐然仍以基督受难自许。图中的基督不但红发红须，就连面貌也像梵高自己，而张臂要俯抱基督的圣母，更状似梵高的母亲。临摹他人的画而将自己代入，正是基督意识与恋母情结的综合浮现……在蓬图瓦斯去奥维的火车上，望着滚滚西去的瓦斯河水，我从圣克路教堂的雕像想到梵高的画面。

　　忽然火车在一个小站停下，奥维到了。

在梵高的艺术生命上，奥维不是最重要的一站，却是最令人感伤的尾声，因为他就是在这里告别人间的：余音袅袅从这里开始。从 5 月 20 日到 7 月 29，梵高最后的十个星期在此地度过，而且有七十幅油画作品在此完成，其中《嘉舍大夫》《奥维教堂》《麦田群鸦》并经公认为杰作。而最具感情分量的，是梵高的坟墓。1861 年，早在梵高来此定居之前，法国画家杜比尼（Charles–François Daubigny）已经在这里筑屋辟陌，经营画室。后来塞尚和毕沙罗也在此住过、画过，也都不足以把此地"据为己有"。最后来了梵高，变色的长空、波荡的麦田、纷飞的群鸦，一时都绕着他旋转起来，属于他了。砰然的一声响后，他的血滴进了 7 月的麦田，染红了麦香的沃土，于是奥维永远成为梵高，属于荷兰。

出了小火车站，我们沿着房屋稀疏的长街向西走去，已斜的太阳照个满怀。米黄色的两层楼市政厅前，挂着梵高百年前用黑粉笔所画的此屋，供人比较，看得出变化不大。斜对面的街上也都是整齐的两层楼屋，其中有一座戴着浅绿色的三角形屋顶，二楼的两扇窗都开着褐色的窗扉，下面的横布条上，褐底白字，大书 La Maison de Van Gogh，正是画家当年的寓所，那时叫作拉雾酒店，每天房租是三个半法郎。我们走去对街，发现大门锁住了，想是星期天的关系。只好再走过来，隔街打量一番。一百年前，那个劳碌而苦命的肉体，带着血腥的伤口、残缺的耳朵，在子弹头尖锐的噬痛下，真的就死在那窗子里吗？而今窗扉寂寞，早已是人去楼空了，只留下络绎来望楼的人。

我们终于回过身去，沿街东行，经过了梵高公园。见有行人出入其间，便也进去巡了一圈。草地上竖立着一尊塑像，有一个半人高，把梵高的身材拉高削瘦，背着画架，很有贾可梅蒂（Alberto Giacometti）雕刻的风格。一百年前，奥维村民眼中的红头画家，背着画具在田埂上每天走过，大概就是这样子吧？

出了公园，继续朝东走。过了车站，坡势渐陡，我们顺势左转努力爬到半坡，不由得站定下来。一座朴素的小教堂屏于道左，正是梵高画过的那座哥特式教堂，正堂斜脊的上面更耸起联鸣钟楼的尖顶。我们面对的是教堂的背后，也正是当日梵高所取的角度，怪不得此画的复制品贴在路边的牌子上，供人就地比较。整整一世纪后，奥维教堂的外貌大致未变，只是钟楼的排窗拆空了，背后的蔷薇圆窗下也加了防盗铁条。是的，一切都仍如旧观，只是眼前的教堂如此安详而镇定，哪里像画里的教堂，蠢蠢然若在蠕动，而且岌岌乎倾向一边，尤其是上面的钟楼，简直有比萨斜塔下压之势。屋后的一角草地和两侧的黄沙土路，也平平静静，毫无异状，但到了梵高的画里，看哪，却中了魔，草地剧烈地起伏如波，土路流成了两股急湍，向我们奔泻而来。上面的天空更是风起云涌，漫天的阴霾卷成了旋涡，蓝中带紫，紫中带着惨白，骚动得令人不安。应和着下面惴惴然怔怔然的危楼歪屋，整个画面神秘而奇诡，似乎有所启示。尤其是那天色，比起艾尔·格瑞科（Doménikos Theotokópoulos）的《托雷多风景》来，虽尤其激动变幻，却更为深邃阴沉。那天色，在阿罗时期的《绿葡萄园》里已经露过脸了，到了奥维时期更变本加厉，简直成了具体的心情，又像一幅庞大逼人的不祥预言，悬在扭动不安的大地之上。有谁，只要一瞥过他临终前的《麦田群鸦》，能不被那惊骇的天色所祟呢？

　　但是此刻，头顶的晴空虚张着淡淡的柔蓝，被偏西的艳阳烘上一层薄金，风光是明媚之至，很难想象，一个世纪前一个受苦受难的敏感心灵，怎样把这一片明媚逼迫成寓言，酿成悲剧。同样是一双眼睛，为什么从杜比尼看到塞尚，从奥维的景色里就看不出什么危机和熬炼呢？足见画家所见，莫非他心中所有。比起客观写实的印象派来，梵高真是一位象征大师，一位先知。

　　这么想着，我的目光停留在钟楼的钟面上，发现已经快六点了。还有公墓要去凭吊呢。一行五人仰面再走上坡去。到得坡顶，眼界一宽，左边望不尽的平畴，一亩亩的麦香连接到天涯，麦已熟透，穗芒蓬松，垂垂重负的密实姿态，给人丰收的成就感、满足感。那无穷无尽的金黄，在 7 月下午的烈阳下，分外耀人眼目，暖人脸颊。可惜那天干热无风，否则麦浪起伏必然可观。这正是梵高一生阡陌来去画之不厌的麦田，教人看了，格外怀念画它的人。右边是石砌的矮墙，上面盖着橘黄的瓦顶，一路把络绎的行人引到公墓的门口。

刚才在半坡上打量那教堂，此刻零零落落进入公墓，怀着虔敬与感激，要把这一出悲剧追踪到落幕的，除我们之外，还有好几十位香客。墓地平坦宽大，想必百年来村民葬者渐多，所以墓碑相接，亡魂颇密。一时之间，大家的心头沉重起来，明知墓中人死了已整整一世纪，但走近了他的血肉之躯，就算血已枯肉已化，仍然令人不由得要调整呼吸，准备接受那可畏的一瞬。

尽管如此，真走到墓前时，目光和石碑一触，仍然不由得一震。因为不是一座碑，而是两座。都是两尺半高，横列成一排，哥哥的碑比弟弟的稍微超前两寸。上圆下方的白石上面，黑字写着"文森特·梵高在此安息，1853—1890"。另一块是"西奥·梵高在此安息，1857—1891"。一百年前，也是这样的 7 月，7 月 27 日，也是在麦熟穗垂的田里，砰的一声枪响，哥哥便拖着残破的倦体，挣扎着，回到镇上那家，我们刚才去张望过的，拉雾酒店。两天之后，他就在那小楼上死去。弟弟把他葬在这里，就是我正踏着的这片土，种得出满田麦香来的，同样的这片土。但不久，弟弟也失魂落魄，一似梦游于世间，终于也疯了。半年之后，弟弟也死了，葬在荷兰。过了二十三年，西奥之妻约翰娜读到《圣经》里的这么一句，"死时两人也不分离"，心有遗憾，便将弟弟的遗骸运来奥维，葬在哥哥身边。

绿油油的常春藤似乎也懂得约翰娜的心意，交藤接叶，把两座小坟覆盖成一张翠毡，一直结缠到碑前，象征着文森特的艺术常青，而兄弟之情不朽。一个日本人走过来，恭恭敬敬，向墓地行了一鞠躬。又来了一对夫妻模样的北欧人，把手持的麦穗轻轻放在常春藤上，那样轻柔，像是怕惊醒墓中的酣睡。再细看时，那一片鲜绿之上，早已撒了好几茎黄穗。

石碑坐北朝南。我擅自站到两碑之间，俯下身来，一手扶着一碑，央我存为我照了张相。幻想之中，我的手似乎应该发烫。谁敢介入这两兄弟之间呢，甚至约翰娜？我未免太僭越了。但是地下的英灵，知道了我是《梵高传》早年的译者，心香一瓣，千里迢迢来顶礼这一抔黄土，恐怕也就谅解了吧。

双墓的两侧都是高大而堂皇的石墓，碑饰也富丽得多，当然也是后人的一片孝心。法国政府好像也不刻意要美化或神化梵高的坟墓。这样的朴素其实更好：真正的伟大何需装饰？我曾经站在华兹华斯的墓前，那石碑比这块更古拙，更不起眼。梵高死时，他似乎一无所有。但是百年过去，他似乎拥有了一切。我不是指《鸢尾花》《嘉舍大夫》拍卖的高价，而是全世界向此地投来的愉悦而感恩的目光，以及不分国别无论老少，那许多敬爱的手带来的那许多麦芒。

从北边的侧门走出公墓的短墙，却走不出梵高的画。墙外的麦田远连天边，在西倾而犹炽的骄阳下，蒸腾着淡香诱鼻的午梦，几乎听得见金黄的射声。大地的丰盈膨胀到表面张力，我们走在沃土的田埂上，像踏着地之脉，土之筋。也是7月的下午，也是盛夏的太阳，也就是在这样的麦田里，文森特仰面，举枪，对着自己生命最脆弱的地方，扣动扳机的吗？

成熟的麦田永远号召着梵高。他画里的人物不是古典的贵族，也不是印象派的中产仕女，而是匹夫匹妇，尤其是农人。他从法国南部回到巴黎，只住了两天，就不堪其扰地逃来这乡野的小镇。他曾告诉画家贝尔纳说，原始而健康的农村画题与波德莱尔（Charles Pierre Baudelaire）眼中的巴黎景色，截然不同。在给妹妹维尔敏娜的信中他说："我无妻无子，只能凝视一片片的麦田，要我长住在城里，可活不下去。"接着他又用圣经式的比喻说："一个人想起人间的万事而想不通时，除了望着麦田之外，还能怎样呢？我们靠面包过活，自己不也很像麦子吗？等我们像麦子一样长熟，就要给收割了。"

早在巴黎时期，梵高已经画过一幅麦田，风来田里，吹起一头云雀，但麦穗半青半黄，尚未熟透阿罗时期的《平畴秋收》，平畴开阔，舒展着熟麦的金色，野景宁静而安详，是观众爱看的名作。《夏日黄昏的麦田与落日》一幅，已经有满田的麦浪含风，隐隐开启了后来的风格。到了圣瑞米时期，在《麦田与柏树》一类的画里，鲜黄的麦浪滔滔更成了亢扬的主调。在疯人院后面围墙内的麦田里，他看到一个农夫在阳光下收割，非常感动，一连画了三幅《收割者》；鲜黄而稠密的麦田占了大半个画面。他意犹未尽，更师米勒的原作，另画了一幅《收割者》，而以人物独占其前景，稠密的麦株蔽其背景。

他写信告诉弟弟说："我看到那收割者——一个梦幻的身影在火旺旺的烈日下，为了赶工，像魔鬼那样出力——我在他身上看到死亡的象征，也就是说，他收割的麦子正是人类。"

收割的寓言，早在《新约》的《路加福音》与《约翰福音》里就有了，莎士比亚在《十四行诗》中也说玫瑰色的嘴唇与脸颊，终究被时间的镰刀割去。可是梵高在信中谈到收割者，语调并不哀沉，他说："这件事发生在大白昼，当太阳把万物浴在纯金的光中……它是死亡的象征，我们在自然的大书中都读到——我所追寻的却是'近乎微笑之境'。"最后这一句乃是影射浪漫派大师德拉克洛瓦。德氏"脑中悬日，心中驰骋暴风雨"，临终的表情据说"近乎微笑"。梵高对他十分崇敬，并且熟读他的日记。

《麦田群鸦》是梵高临终前回光返照的惊骇杰作。画面上但见天色深蓝而黑，阴霾四合而将压下，似日又似云之物迸破成几团灰白，旋转不已。满田的麦浪掀起惊惶的挣扎，其上则纷飞飘忽的鸦群舞着零碎而又崇人的片片黑影，其下则土红的歧路绝望地伸着，更无出路。不，这不是"近乎微笑之境"。梵高自杀，就在这样的太阳下，这样丰收待割的麦田里，并且是在礼拜天，基督徒敬神而休息的日子，但是他心中有许多遗憾，对人间的留恋仍多。即使孔子将死，也不免悲叹："泰山坏乎！梁柱摧乎！哲人萎乎！"孔子病重，尚且倚门等子贡来见最后一面。释迦寂灭，举行火葬，棺木却不能燃烧，也是为了等弟子大迦叶波。后来他母亲摩耶夫人赶到，释迦更从棺中坐起，合掌向慈母慰问。梵高一生，隐隐以基督自许，这意识在他的画中时时得到见证。就连基督死时，也不免"四境黑暗"，而基督悲呼道："神啊神啊，为何你弃我而去？"

梵高短促的生命里，最后的十周在此地度过。一来奥维，他就爱上这恬静的小镇了。他是荷兰南部的乡下人，一向喜欢深入村野，赤坦坦面对自然。他那么倾倒于米勒，绝非偶然。在信中他曾赞美奥维洋溢着色彩，有一种庄严之美，甚至"空气里充满了幸福"。可是他的心灵找不到宁静，只找到《嘉舍大夫》的忧郁、《奥维教堂》的不安，最后是《麦田群鸦》的骚动与不祥。他面对死亡，要寻找"近乎微笑之境"，却未能臻及，终于在他热爱的麦穗与阳光中举起手来，收割了自己。

他的肉躯少有宁日，就这么匆匆地收割了。但是心灵的秋收多么丰富啊，简直是美不胜收。世界各地的博物馆都因他而充实，变成了丰收的仓库，变成了成亩的麦田，一走进去就是扑鼻的麦香。所有的眼睛都被他的《向日葵》照亮。

一行五人终于走过了麦田，停在一大片向日葵田的前面，有的欢呼，有的喃喃像是在祈祷，为了这么多壮丽，这么庞沛而稠密地一下子出现在眼前。麦田之美，无边无际的金黄，是单纯的向日葵田的色调，翠萼反托着金瓣，那美，却对照而来，因此特别明艳。一朵还好对付，千葩万朵的亮丽密集成排、成行、成阵，全部都转过身来跟你照个正面，那万目睽睽猬聚你一身的焦点感，就算你是唯美的教徒，啊，也承当不起。何况向日葵比麦秆高出一倍，挺直的株干灯柱一般把花盘托举到高处，每一盏金碧辉煌都那么神气，满田呢，就更具集体而盛大的气象。那样天真的健美与壮观、活力与自信，那样毫无保留地凝望着你也让你瞪视，令人感到既兴奋，又喜悦，又不禁有点好笑。对比之下，麦穗的负重垂首就显得谦逊多了。

梵高的艺术生命因南部的艳阳而成熟，而灿放。梵高、麦穗、向日葵花，都是太阳之子。也许向日葵是太阳专宠的女儿，在法文里甚至跟爸爸同名，所以也得到梵高的眷顾，绘画成人人宠爱的杰作。在 1990 年的梵高年，向日葵娇艳健美的形象，从荷兰的五十元钞票到名酒的标签、女人的衣饰，处处惹眼。这一切，满田天真的葵花当然不知道，只知道烈日已经偏西，不胜曝晒，千千万万的葵花竟全部别过脸去，望着东边，正是梵高墓地的方向。一对肥硕的蜜蜂正营营振翅，起落频频地忙着向我面前的一朵大花盘采蜜，令人怀疑梵高的灵魂，此刻，究竟是悬在阿姆斯特丹博物馆的墙上，还是逡巡在这一片葵花田里。

直到一声汽笛从坡下传来，火车驶过瓦斯河边，说晚餐正在巴黎等着我们。

1990 年 8 月

图 150　**坐在麦地里戴草帽的年轻农妇**　布面油画　92.0cm×73.0cm　1890 年 6 月底　私人收藏

图151 **奥维古堡**　布面油画　50.0cm×101.0cm　1890年6月　阿姆斯特丹梵高博物馆

　　奥维古堡是一座历史悠久的古老建筑，其起源可追溯到路易十三时期，由一位意大利银行家于1635年建成。梵高绝少绘画古迹，这幅画里的古堡也只是树影背后的远景。画面呈现的，主要是黄昏降临的暮色，由满天金灿灿的晚霞和背光的树影对比形成，色调十分逼真。一条村道从前景没入远方，迎着夕照，路面也有淡幻的反光。整幅画面那种逡巡欲逝的夕暮感，强烈袭人。这时离他的死期已不足两个月，真可视为他生命的回光返照了。

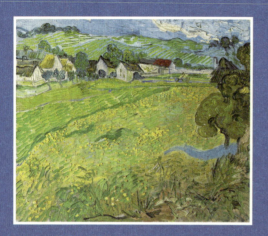

图 152　奥维附近的维瑟诺茨
布面油画　55.0cm×65.0cm　1890 年 5 月
提森·波涅米萨博物馆

图 153　牛
布面油画　55.0cm×65.0cm　1890 年 7 月
蒙特利尔美术馆

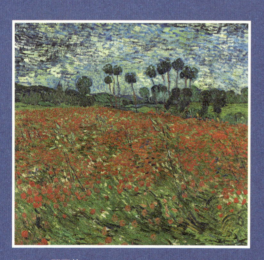

图 154　罂粟花
布面油画　73.0cm×91.5cm　1890 年 6 月
海牙市立博物馆

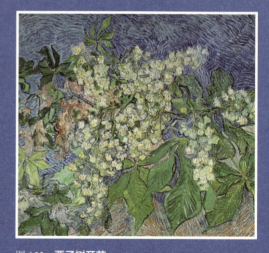

图 155　栗子树开花
布面油画　72.0cm×91.0cm　1890 年 5 月
苏黎世布尔收藏展览馆

图 156　**村舍茅屋**　布面油画　72.0cm×91.0cm　1890 年　巴黎奥塞博物馆

亲爱的西奥：

谢谢来信，信中的 50 法郎钞票也已收到，既然事情已经向好的方向转变了，我为什么还要说一些不重要的东西呢？天哪，在我们有机会更集中地讨论生意之前，也许有很长的一段路要走。

别的画家们，无论他们怎样想，都会本能地与真正的交易讨论之间保持距离。

好吧，事实是我们只能用我们的作品说话。然而我亲爱的兄弟，我曾经告诉过你，并想再一次真诚地告诉你的是，勤奋的思想可以让尽可能做好事情的决心更加坚定。我经常认为你不只是一个单纯的经销商，通过我的作用，你自己也能创作一些绘画，即使是在暴风雨中也能让它们安然无恙。

这就是我们从中可以得到的全部东西，或者至少是我现在所能告诉你的相对危机中的主要东西，这是一个画商手上死去的画家们的作品与活着的画家们的作品之间关系的紧张时刻。

好吧，我以自己的生活为代价开始自己的工作，我的一半理性都淹没于此，不过没关系。但是你不在我目前所知的画商之列，我认为你仍然可以选择自己的立场，但是这又有什么用呢？

文森特

亲爱的西奥和约翰娜：

星期日给我留下了非常美好的记忆，通过这种方式，我们感觉到离对方并不遥远。我希望可以经常见到对方。星期日以来，我画了两幅树中的房子的习作。

……非常奇怪的是噩梦也在一定程度上终止了，我经常告诉佩顿先生，回到北方会让我感到自由，但这种情况也是非常奇怪的。尽管他非常有能力，但实际上它在恶化……

文森特

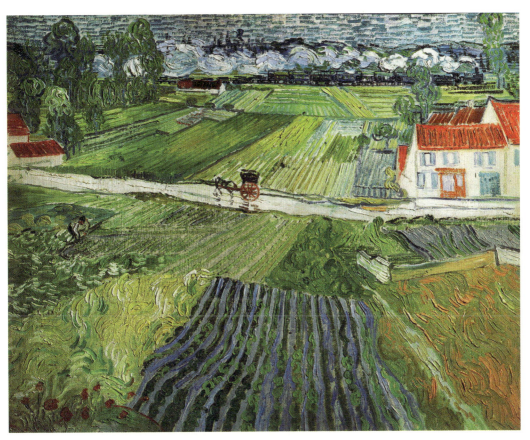

图157　**乡村火车**　布面油画　72.0cm×90.0cm　1890 年 6 月　莫斯科普希金博物馆

嘉舍大夫

图 158　**嘉舍大夫**　布面油画　67.0cm×56.0cm　1890 年 6 月　私人收藏

　　梵高为嘉舍一共画了两张像，都是戴着白色的水手帽，穿着深蓝的外套，面以右手支撑着脸颊，左手扶桌，表情忧郁愁苦，一如他在给高更的信中描述的那样，这是一张"当代忧郁的面容"。这张画像中，前景的桌上有两本书，还有瓶里的两枝指顶花。花旁的两本黄皮书，是法国作家龚古尔兄弟合著的小说《热米妮·拉绥德》和《玛莎特·沙洛门》，暗示着荒芜可悲的现代。而指顶花是用来提炼强心剂的原料，象征着纾解和希望。

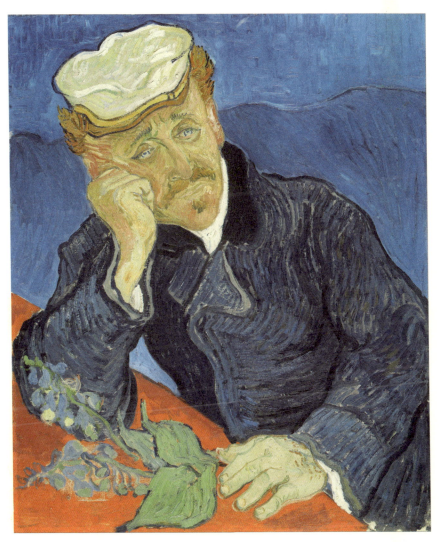

图 159　**嘉舍大夫**　布面油画　68.0cm×57.0cm　1890 年 6 月　巴黎奥塞博物馆

　　在这张画中，小说没有了，花被平放在桌上。医生依旧是那副"酷似病人的模样"。有趣的是，两幅《嘉舍大夫》的构图，都与《吉诺夫人》十分相似。

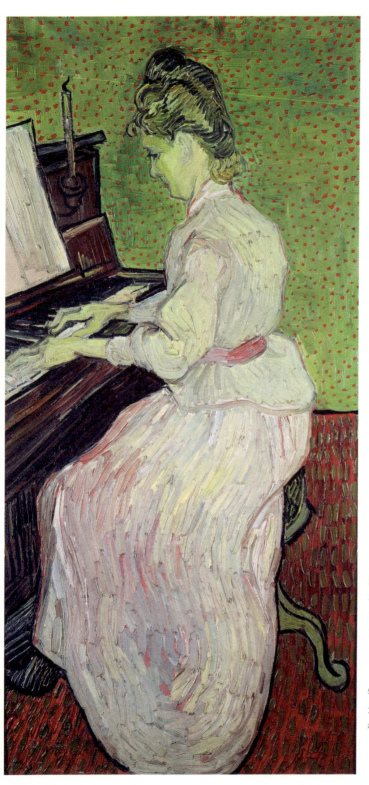

图 160 **弹钢琴的玛格丽特**
布面油画
102.6cm×50.0cm
1890 年 6 月
巴塞尔昆斯特博物馆

　　梵高与嘉舍大夫之女玛格丽特之间的情愫一直无法明言，但无法否认的是，这幅画一直与玛格丽特终身相伴。

图 161　**花园里的玛格丽特**　布面油画　46.0cm×55.0cm　1890 年 6 月　巴黎奥赛博物馆

图 162　**杜比尼的花园**　布面油画　50.0cm×101.5cm　1890 年 7 月　瑞士巴塞尔收藏家，鲁道夫·施特赫林收藏

亲爱的弟弟和弟妹：

约翰娜的信对我来说像福音，让我从烦恼中得以解脱。这相当困难，需要我们大家一起努力。当我们感到日常生活中的面包都处于危机之中时，就没有别的更细微的东西了，也不会有别的原因让我们感受到我们的生活是如此脆弱。

我应该多少都成了你的拖累。你会发现一些无法忍受的事情，但是约翰娜的信清楚地向我证明你意识到我在工作，并且像你一样努力。所以一旦回到这里，我就会再次开始工作，尽管刷子几乎会从我的手中滑落。我清楚地知道我想要的是什么，从那时起，我又画了3大幅油画。

…………

第三幅油画是杜比尼的花园，这是一幅我从来到这里就开始考虑的图画。我真心诚意地希望已拟定的行程能对你转移注意力有一些帮助。我经常想起小家伙，我并不怀疑养育孩子比绘画更费精力。我多少感觉现在太老了以致不能回顾自己的过去或者渴望任何东西。那种渴望已经离开了我，但精神上的痛苦依然存在。

思想上握手。

你永远的文森特

亲爱的保罗·高更：

（一封在文森特的手稿中发现的未完成的信）

感谢你再次给我写信，老朋友，请务必明白巴黎噪音对我的影响，以至于我只在巴黎待了三天便迫不及待地回来了。我认为回到这个地方是非常明智的，当然，我很快就会去看你。

当你说到阿罗姑娘的肖像画时，我感到非常愉悦，这是你所喜欢的严格意义上的绘画。我试着用一种宗教性的信仰来看待你的作品，然而却在色彩的媒介、理性的品格以及正在讨论中的作品的风格上，有着更自由的诠释，我们可以把这当作数月以来你和我一起工作的总结。为了画它，我以另一个月的生病为代价。但我知道，你是能够了解这幅油画的，对于别人，我们就不能做此期待了。我的朋友嘉舍大夫犹豫了两三次后接受了它们，并且说"简单是最难的"。非常好，我想把它制成蚀刻版画。任何喜欢他的人都可以拥有它，你也看到过橄榄树吗？

我有一幅嘉舍大夫的肖像画，这是对我们令人心碎的时间的表达。如果你喜欢一些像你所说的橄榄园中的基督，虽然不能被理解，但无论如何我都完全接受你和我弟弟的建议。我现在仍然在画星空下的柏树，这是最后一次尝试了。夜晚的天空绽放光辉，纤细的眉月从地球投射的阴影中出现，星星在空中闪耀，你是否喜欢深蓝色天空中，云彩间那些玫瑰色和绿色的柔和光辉？路旁是高挑的黄色竹竿，后面是小旅馆浅色的窗户，还有一棵非常高的柏树，非常直，也非常阴郁。路上是黄色的运货马车，白色的马上套着马具，还有两个旅人。如果你喜欢，这会非常浪漫，普罗旺斯也不过如此吧。

我可能会把这做成蚀刻版画，至于别的风景、别的主体以及普罗旺斯的记忆，我期待着给你一幅画作为总结，这是我深思熟虑后的想法。当你到巴黎的时候，你就会理解我因没有看到你的油画的一点困惑。

我希望可以尽快回去，从你的信中我知道你和德哈恩一起回了布列塔尼，这让我非常开心。如果可以，我想在那一个月里加入到你们的行程中，以便能再次见到你，并与德哈恩熟识后，再画一两幅海景图。然后我们就要做一些果断而严肃的事情了，因为我们的作品也许会从这里开始。

总之，在生动且宁静的背景中，我想画一些肖像画。问题是绿色蔬菜有着不同的品质，却有着同样的价值，就好像要画完全的绿色会让你想到耳边微风吹拂的沙沙声一样，这并不像色彩那样简单。

文森特

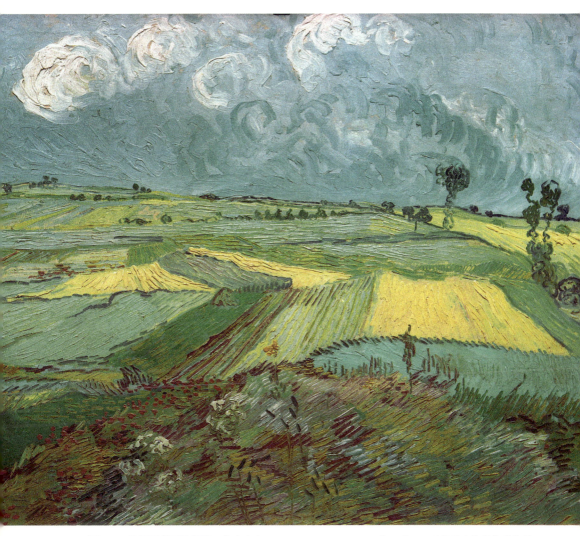

图 163　**多云天空下的麦田**　布面油画　73.0cm×92.0cm　1890 年 7 月　匹兹堡卡内基艺术博物馆

亲爱的西奥和约翰娜：

我刚收到你的来信，你说孩子生病了，我非常想去探望。但当想到我比你们还要焦虑虚弱时，便放弃了这个想法。希望你能明白，我虽担心我过去增加你的困惑，但此刻我全身心地分享着你的焦虑。

我认为乡村的空气是很关键的原因，从这个角度来看，有许多出生在巴黎的年轻人很不错，但实际上也是面带病容的。你们或许可以来旅馆居住，这是真的。那样你们就不会感到太孤独，我可以每一周或两周来看你们一次，这也不会增加什么花费……

真的，我觉得给小家伙一些新鲜空气是很有必要的，我看到这个乡村里的其他孩子的模样，相信在这里会让他更有精神。同样的，我觉得和我们一起承担焦虑和风险的约翰娜，也应该时不时地感受下这里的多样化。

我还收到了一封来自高更的悲观的信，他模糊地说他已经决定要去马达加斯加了。叙述得十分含糊，以至于你会认为他只是在脑海中想了一下，因为他并不知道真正应该去想些别的什么。而实施这样的计划在我看来也是荒谬的……

这个旅馆的人曾经住在巴黎，在那里父母和孩子都感到不适应，在这里他们却不觉得有任何问题，尤其是最小的孩子。他两个月大就来到了这里，母亲也不能给他足够的母乳，到这里后，一切立刻恢复了正常。另一方面，你整天都在工作，也许目前很难入睡。我非常愿意相信约翰娜来这里后会有双倍的乳汁，这样你们就不需要牛、驴以及别的四脚动物了。对于约翰娜来说，白天这里有许多同伴，她可以在嘉舍房子的正对面待着，你还记得山脚下的对面有一家旅馆吗？对于未来，如果没有贝索德，我还能说些什么呢？……

我尽我所能地把事情做好，但是坦白说，我几乎不能指望总是保持精神正常。如果我的病症又回来了，请你一定原谅我。我依旧渴望并热爱着艺术和生活，但我并没有信心去拥有一个妻子……关于孩子，我想你不必太过担心。如果事情只是他开始长牙齿了，那很好，不用紧张，这里会带给他更多的欢乐，因为这里有孩子、动物、花朵以及新鲜空气。

文森特

图 164　**奥维平原**　布面油画　73.3cm×92.0cm　1890 年 7 月　慕尼黑新绘画博物馆

图 165　**阴云下的麦田**　布面油画　50.0cm×100.5cm　1890 年 7 月　阿姆斯特丹梵高博物馆

　　《阴云下的麦田》与《麦田群鸦》《杜比尼的花园》并称为梵高在奥维所作的最后三大作品。梵高在写给母亲的最后一封信中提到这幅画时说："我正埋头作一幅以像海那样广大的丘陵作背景，有黄色与绿色微妙色彩的广漠麦田的画。这一切存在于青色、白色、粉红色、紫色等色调的微妙天空之下。我现在非常安宁、肃静，可以说很适合于作这幅画。"但梵高又在信中告诉他弟弟说，这一组画都是"不安的天色下开阔的麦田"，而他要表现的是其间的"不

快与极端寂寥"。这幅画的形象与色调极其单纯也极其有力：天色蓝得沉重而迟滞，冷漠地面对着浅黄淡绿的旷野，上上下下都是空的，中间也没有任何动静。没有演员也没有故事，这空洞的戏台是设给神看的还是人看的呢？寂寞的主题呈现得如此原始而单纯，已经近乎抽象画了。《阴云下的麦田》富于朴素之美，是梵高末期的特异之作，允当与《麦田群鸦》并列而无愧。

图 166　**麦田里的矢车菊**　布面油画　60.0cm×81.0cm　1890 年 7 月　巴恩斯基金会画廊

亲爱的西奥：

　　谢谢你今天的来信与附信的 50 法郎钞票。事情变化很快，但是德赖斯、你和我不是比那些女士更加确信并能更好地理解这一点吗？这对他们来说更好，但是从长远来看，我们甚至都不指望能够冷静地去谈论什么。

　　就我个人来说，我全心关注着我的油画，尝试着画得像我所喜欢和欣赏的那些画家一样好。如今我回来了，我感觉经过这段时间，每个画家都会在往后的日子里陷入更深的困境。好吧……但是试着让他们理解协会的有用性的时刻不是已经过去了吗？

　　一方面，一个协会应该产生，如果其他的将要破产，那么它也会破产。总之，我认为个人的主动性是无用的，考虑到我们曾经经历的那些事情，我们真的还可以重新开始吗？

　　我所看到的高更在布列塔尼展出的作品，非常漂亮。我想，他在那里所做的别的事情很可能与这一样好。……赫希格问我，你是否能够友好地帮他从你为我买颜料的经销商那里订下附件中的订单。塔赛特可以直接把它们寄给他，但是要给他百分之二十的折扣，这是最简单的。或者你也可以把它们放在给我的一批颜料中，增加账单，或告知我总数，然后他就会把钱给你寄过去。

　　你不能从这里获得好的图画，我已经把自己的需要降到最低了。在我看来，赫希格对于事情开始有了更好的想法。他画了一幅老校长的肖像画，它被认为画得非常好。然后他也有一些风景画的习作，和你那里的科宁的作品几乎有着同样的色彩。这可能会被证明只是和这些相似，或者与我们一起见到的沃尔曼的作品很相像。

　　再见了，生意上好运，向约翰娜问好，在思想上握手。

你永远的文森特

亲爱的西奥和约翰娜：

与约翰娜熟识了之后，对我来说只给西奥写信是非常困难的，但是我希望约翰娜允许我用法语写信。因为在南方生活两年之后，我真的认为这样做能够更好地表达我想要说的话。奥维非常漂亮，其中还有一些古老的茅草屋，这在其他地方很少见。

因此我希望在这里开始一些油画创作，这是重新获得我在这里所需花费的机会。事实上，它真的非常漂亮，这是真正的乡村，有个性且风景如画。

我看到了嘉舍大夫，他给了我一种相当古怪的印象，但是作为医生的经历必然会让他有足够的力量与精神问题作斗争。在我看来，他至少也像我一样遭受着严重的痛苦。

他指引我去了一家旅馆，在这里每天需要 6 法郎。我自己发现了一个每天只需要支付 3.5 法郎的地方……

也许你这周就可以见到嘉舍大夫了，他有一幅很好的毕沙罗的画，是冬天雪中的一座红房子，他也有塞尚的两幅画得非常好的花束。

另外的一幅是塞尚的乡村风景图，我非常开心可以在这里做一些绘画工作。

……他的房子里摆满了黑色的古物，全是黑色的，除了我刚提到的那些印象派画作外。他给我的印象并没有什么不好。当他谈到比利时人和那些老辈画家的生活时，他的刻画着悲痛的脸上再次有了笑容。我真的认为应该和他保持朋友关系，并且画一幅他的肖像画。

然后他说我应该大胆地工作，一点儿也不要考虑我现在出现的问题。

文森特

图 167　**奥维教堂**　布面油画　94.0cm×74.0cm　1890 年 6 月　巴黎奥赛博物馆 ▶

整整一世纪后，奥维教堂的外貌大致未变，只是钟楼的排窗拆空了，背后的蔷薇圆窗下也加了防盗铁条。是的，一切都仍如旧观，只是眼前的教堂如此安详而镇定……但到了梵高的画里，看哪，却中了魔，草地剧烈地起伏如波，土路流成了两股急湍，向我们奔泻而来。上面的天空更是风起云涌，漫天的阴霾卷成了旋涡，蓝中带紫，紫中带着惨白，骚动得令人不安。应和着下面惴惴然怔怔然的危楼歪屋，整个画面神秘而奇诡，似乎有所启示。尤其是那天色，比起艾尔·格瑞科的《托雷多风景》来，虽尤其激动变幻，却更为深邃阴沉。

图 168　**拉雾酒店的艾德琳画像**　布面油画　67.0cm×55.0cm　1890 年 6 月　私人收藏

图 169　**傍晚的白房子**　布面油画　59.5cm×73.0cm　1890 年 7 月　圣彼得堡埃尔米塔什博物馆

　　幽绿排窗中，两扇猩红的窗户被人们解读为这个房子的眼睛。那血色的斑点和天空中的金星，都被视为梵高传递内心痛苦惶惑的隐约迹象，呈现出画家"令人震惊"的内心景象。这幅画曾因在二战时期被纳粹打上"颓废艺术"的标签，而被遗忘在埃尔米塔什博物馆将近五十年，直到 1995 年才得以重新现世。

图 170　麦田群鸦　布面油画　50.5cm×103.0cm　1890 年 6 月　阿姆斯特丹梵高博物馆

　　这幅画的创作时间几乎是在梵高自杀的前夕。许多人以为这是梵高的最后作品，但其实不然。不过《麦田群鸦》确是他一生艺术的回光返照，聚力之强前所未见。就在 6 月间他曾写信告诉弟弟和妹妹："迄今我已画了两幅大画。都是骚动的天色下广阔的麦田，我根本不用特别费事，就能够画出悲哀与无比的寂寞。"蓝得发黑的骇人天穹下，汹涌着黄滚滚的麦浪。天压将下来，地翻覆过来，一群不祥的乌鸦飞扑在中间，正向观者迎面涌来。在放大的透视中，从麦浪涌动里三条荒径向观者，向站在画前，不，画外的梵高

聚集而来，已经无所逃于大地之间。画面波动若痛苦与焦虑，提示死亡之苦苦相逼，气氛咄咄逼人。这种压迫感跟用色的手法颇有关系，因为梵高用短劲的线条把不同的色彩相叠在一起。评论家夏皮罗认为画中充满绝望，鲁宾却另有一说。他说，那绝望是用基督的口气来说的。基督被钉上十字架而解脱了痛苦。梵高在想象中以基督自认，也上了十字架，所以"黑暗布满了大地"，那两条横径就是十字架的横木，而中间的斜径正是十字架纵木的下端。基督之头，亦即画家之头，却在画外仰望着天国。

图 171　**树根和树干**　布面油画　50.0cm×100.0cm　1890 年 7 月　阿姆斯特丹梵高博物馆

　　此画相传为梵高生前最后一幅作品。1890 年 7 月 7 日下午，他在麦田里举枪自杀，弹入腰部，事后一路颠踬回到拉雾酒店。嘉舍大夫无法取出子弹。次日西奥闻耗赶来，守在哥哥的床边。文森特并未显得怎么剧痛，反而静静抽他的烟斗。第三天凌晨，他才死去。临终的一句话，一说是"人间的苦难永无止境"，一说是"但愿我现在能回家去"。

后 记 壮丽的祭典

1

　　就国际艺坛而言，1990 年当仁不让是梵高年。梵高逝世百年的回顾大展，在四个月内吸引了一百二十五万观众，平均每天超过一万人。他一生留下的遗迹，因画而著，也有多情的脚步去临景凭吊，一一追踪。单以他临终前住过十个星期而且终于落葬的奥维来看，便可见其盛况。梵高定居该镇，是一个世纪前的 5 月 20 日至 7 月 29 日。1990 年同一时段涌入该镇去吊梵高之墓的观众，根据法新社的报道，有十万人；7 月 29 日那天，更有四百人参加了追吊的典礼。吾妻我存、吾女幼珊和我三人，也在那一百二十五万观众与十万吊客之列。我们从荷兰提回来好几千克的梵高画册，以及琳琅满目的视觉长留。1990 年对于我家，真是壮丽无比的梵高年。

　　我的梵高缘，早在女儿出世前就开始了。甚至早在婚前，就已在我存那里初见梵高的画册。向日葵之类，第一眼就令人喜欢，但是其他作品，要从"逆眼"看到"顺眼"，从"顺眼"看到"悦目"，最后甚至于"夺神"，却需要经过自我教育的漫长历程。其结果，是自己美感价值的重新调整，并因此跨入现代艺术之门。于是我译起斯通的《梵高传》来。

　　当时我才二十七岁，对西洋绘画的兴趣大于知识，好在英文已有把握，遇到绘画问题，肯下苦功遍考群籍。梁实秋先生听我自述大计，欣然赞许，因为他刚巧也读过这部奇书，可是觉得书太长了，劝我不如节译算了。我不为所动，认定一本书既然值得翻译，就该全译，否则干脆不译。一旦动手，而且在《大华晚报》上连载，当然欲罢不能，十个月的光阴就投进去了。我不但在译一本书，也在学习现代绘画，但更重要的是，在认识一个伟大的心灵，并且借此考验自己，能否在他的感召之下，坚持不懈，完成这桩长期的苦工。

　　初译《梵高传》的那年，我自己还是惨绿少年，无论身心，都止陷于苦恼的困境。但是译动了头之后，有所寄托，心境渐趋安定，久而至于澄明，甚至身体也奇妙地恢复了康泰。面对着"红头疯子"坎坷的一生，我的小灾难消失在他的大劫之中，像一星泡沫卷入了一盘滚涡，随其浮沉。译到梵高自杀的时候，译者却反而得救了。

当时我的译文是在无格的白纸上横写，改正之后，寄给在崁子脚中纺幼儿园任教的我存，由她誊清在有格的稿纸上，再寄回给我。就么，三十多万字的译文全靠她陆续誊清，才能送去报社发表。为求简便，我寄译文给她时，往往也就在稿纸背面匆匆写信，所以那一大沓译稿，附有不少旧信，因为尚在婚前，更有情书的意味。在我们早年的回忆中，梵高其人其画，都是不可缺少的一份。苦命的文森特早已成了我家共同的朋友。

《梵高传》的中译本出版三十多年以来，影响深远，也为译者赢得不少朋友。直到最近，我才发现陈锦芳十四岁就读了《梵高传》，林怀民更早，十二岁就读了。足见这本书不但感动了译者，也影响了许许多多杰出的心灵。

1990 年 4 月，《中国时报》、荷兰航空总公司、台北市立博物馆合办"梵高逝世百周年教育展"，主要的活动是展出荷兰摄影名家保罗·霍夫（Paul Huf）追寻梵高足迹所拍的一百五十帧照片。那些镜头展示了百年前画家取景的所本，与名画对比而观，不但有互相印证之趣，更可窥探梵高改造自然是如何不拘形迹，真应了李贺所说的"笔补造化天无功"。霍夫先生的摄影艺术把我们带到当日许多名画的"现场"，告诉我们，哪，梵高的魔术就是从这里变起的！于是我们觉得更亲近梵高了。

那时正是 4 月中旬，荷兰的梵高大展，揭幕已有半月。参观的门券虽然只要荷币 20 元一张，却必须趁早预购。等到我 7 月去荷兰时，大展已近尾声，手中无票，怕只能过屠门而大嚼了。荷航总公司的公共关系主任封德林克（R·C·—

J・Wunderink）也是一位诗人，问明我准备访荷的日期，对我保证，到阿姆斯特丹后尽管去找他，自有招待券送我进场。

我终于看到了梵高大展。

梵高一生的作品，据最新的统计，油画接近九百张，素描为一千一百张。各式各样的复制品我看过很多，但是说到原作，在这次去荷兰之前，我亲眼看过的，把芝加哥、纽约、巴黎几处博物馆加在一起，不会超过三十张。复制品与原画之间的差异，尤其是色彩繁复之作，往往大得离奇，有时简直面目全非。一般的画册或明信片，不是太浓艳，便是太淡薄，总要等亲睹原貌之后，知道了好歹，才能放心。梵高的翻版虽然风行天下，要捉摸它的"原貌"却比其他画家更难，因为他惯于把同一人物、同一风景画上几遍，而每一遍都有不同，不是构图有出入，便是色调有变化，所以观者往往觉得似曾相识，其实却是另一幅画。这次在荷兰，各国馆藏的梵高精华集于一堂，终于放目恣览，反复比照，一日之内遍赏梵高最美的"原貌"，那种视觉的豪奢餍饫，直到此刻还大堪舐馋。

2

1990 年的梵高大展，规模之大，展期之长，罕见其匹。1953 年，为了庆祝梵高诞生一百周年，阿姆斯特丹的国立梵高博物馆（Riyksmuseum Vicent van Gogh, Amsterdam）和奥特罗的国立克洛勒－穆勒博物馆（Riyksmuseum Kröller-müller, Otterlo）曾经联合举办了一次展览，展品皆为两馆自藏。这一次逝世百周年纪念的大展，向外国借来的油画多达四十七幅，占全部油画展品的三分之一，而出借的国家也多达十六个。最值得注意的，是苏联、东德、捷克、匈牙利等国家的博物馆也慨然赞助。在欧美以外，日本也借出两幅，一幅是私人所有，一幅是广岛博物馆所藏。美国各馆借出十幅，法国的奥赛新馆借出八幅，皆多于他国。另有一点值得注意的是：私人手中的梵高作品仍然不少。仅以这次大展而言，一百三十三幅油画里，向私人借展的就占了二十四幅。这些"私画"非但真迹平时难见，就连复制品也远不及"公画"的那么流行。5月15日，正当大展高潮，梵高末期的名画《嘉舍大夫》在纽约克里斯蒂公司，以八千二百五十万美元售出。那便是一张私画，现在转到日本富豪手里，仍是私藏。名画身价高涨，固然是画家的光荣，但是转来转去始终落在豪门之内，当作奇货可居，却与观众无缘。对于这件事，梵高未必高兴。可是这一次梵高大展能集这么多私画于一堂，却是观众难得的眼福。

百年大展之胜，不但在规模之大，也在设计之精。梵高作品上千，究竟该展出哪些呢？在组织庞大的展览委员会之下，由梵蒂尔波格（Louis van Tilborgh）与梵德福克（Johannes van der Walk）两位专家分别负责油画与素描的选择和目录的编排。选画的原则，取决于梵高对自己作品的评价，也就是说，入选之作，都是他在写给弟、妹和画友的信中津津乐道的那些。因此这百年的回顾大展，等于经画家自己选定，很像作家的自选集。

至于大展现场出售的所谓目录（Catalogue），简直是两本巨著，加起来有六百多页，不但把展出的三百八十一幅画全部彩色印出，而且详加分析，间或佐以考证，附以其他黑白图片，作为比较。最有趣的是一些名画的草稿，往往还不止一张，附在完稿的旁边，显示画家的意匠如何从混沌演变到清明，也可见梵高用功之勤。

大展筹备之严谨，在展览馆中处处可见。首先是挂画的次序，在年代的先后顺序中兼顾主题的发展，纵横并进。油画的排列，依次是海牙一幅，努能十一幅，巴黎二十二幅，阿罗五十幅，圣瑞米三十三幅，奥维十六幅，恰如其分地显示每一时期的比重。

更可贵的，是将同一时期描绘共同主题的一组作品并列而挂，以便观众就近比较。梵高生前屡次强调，说他的作品不要一张张分开来，应该合而观之，才能算是他的 ouevre（作品）。他对自己的要求很严，且又富于探讨求全的精神，每次找到重要的新主题，都不甘只用一次就轻易放过，总在素描草稿之后，就造型、着色，甚至肌理各方面，再三试验，务求尽善尽美，而穷极人情物态。这种苦究主题的毅力与功力，在人像、风景、静物方面都有见证。

梵高没有钱多雇模特儿，特立独行既难见容于世，罕有的画风也往往不为爱画者所喜，因此他在人像画上的不凡成就分外可惊。大展场中，早如《农妇果蒂娜》，晚如《鲁兰夫人》，都是大同小异的两张画像并列。最可惊的是《吉诺夫人》的画像，又称《阿罗的妇人》，梵高在阿罗时期为她画了两张像，均为左手支颐，眼神低垂而若有所思，但脸色和背景的颜色则有差异，因此在色调上一则青冷，一则黄暖。到了圣瑞米时期，他又根据高更素描的吉诺夫人像，作了五张油画，但色调及线条都比阿罗时期那两张淡远，其中的三张排成一排挂在大展的会场。阿罗时期那两张则并列存于另一面墙上。

这是同类的并列。另一种则是对比的并列：最惹眼的是一排三张互异的人像，从左到右是《农人艾思卡烈》《诗人巴熙》《情人米烈》。这三张像中的人物，身份与表情各不相同，色调也大异其趣，挂在一起，正好说明梵高风格变化之多。

风景画里，最明艳的莫过于四张并列的果树，依次是《粉红果树园》《白色果树园》《梨树开花：纪念莫夫之死》《梨树开花》。这四张画不但主题相近，甚至色感也互相呼应，都是在白云蓝天的背景上经营开花的枝丫，要做到缤纷而不乱，实非易事。这些美景全是阿罗时期的杰作，一眼望去，只觉云蒸花热，暖了脸颊，把整副墙壁都照亮了。

静物或内景（interior）也有不少并列，最著名的该是一对椅子和三间卧室。

《高更之椅》和《梵高之椅》形成发人深思的对照，令画评家诠释纷纷。至于黄房子时期的名作"卧室"，原是梵高最满意的杰作，我在芝加哥博物馆早已看过，不料这次大展场中一排三张都叫作"卧室"，构图几乎完全一样，变化的只是色彩。画的是安静而整洁的卧房，几乎所有的线条都是直线，看不出是什么异常之人所居。这三张"卧室"，除了芝加哥借来一张之外，另外两张分别是国立梵高博物馆自藏和巴黎的奥赛博物馆所借，若非这次大展刻意安排，怎能如此方便地合而观之。

除了广借名画按题并列之外，大展另一特色是考证画题，详加标识。其根据仍然在梵高自己的书信，凡信中自述作品所用的题目，都加采用，例如《吉诺夫人》，一般的画册只简称为《阿罗的妇人》，而无姓名。又如《鲁兰夫人》，通常也只题为《摇椅》。

梵高的画既已过了百年，有些画面不免失去了当初的光泽。所以为了这次大展，馆方还请了修画师来刮垢磨光，还名画本来的面目。西洋油画的杰作，若要长保其"不朽"，必须及时去污，这就是修画师（restorer）的工作。梵高的油画着色最浓，强调的地方简直堆砌若浮雕，术语所谓 impasto（厚涂颜料的绘画法），但要去污也倍加困难。经过仔细检查，发现保护画面的假漆（varnish）下面潜伏了一层有点遮光的灰色，损害鲜丽的色彩效果，原来是当年梵高用来涤画的蛋白。此外，以往涤洗时留在画面的，还有浆水、树脂、白胶等，因此清洁的工作非常复杂。加以百年前所用的颜料，有一些不很牢靠，所以去污溶剂的酸度要经常调整。真正动手时，更得使用立体显微镜及其他特备仪器。若非经过这一道整容的功夫，梵高作品的"丽质"只怕要见弃于无情的时间，而观众面对发黄的名画，未免太扫兴了。展览的场刊特别把去污到一半的《粉红果树园》印出，有图为证，旧画面的混沌和新画面的焕发，对比可惊。

画面的这些异质还可以扫除，无奈的是原画自己会逐渐褪色，有的因为颜料本就不好，有的是受到树脂和白胶的"侵略"。不但几幅春和景明的果园图都已减艳，就连那幅《夜间酒店》的弹子桌也不再鲜绿了。几幅《向日葵》里的黄色，是用铬黄所画，当日的色泽必更亢烈刚强，今日渐渐收敛，幸而变成温柔妥帖的金黄。梵高当日也预见颜料之难久，在信中对弟弟说："印象派采用而流行的颜料，全不可靠。所以我们更应该放手去着色……自有岁月来把那些颜色驯得服服帖帖。"回顾大展的苦心经营，甚至可见于画框。原来博物馆把梵高的作品都装在直板板的木条画框里，被画评家倪浩司讥为"三流的葬礼"。十年前馆方改用了镀金的画框，结果并不理想，因为框边太花哨，里面的画会显得沉重，而金边也往往与画中的色调不和。为了百年大展，馆方再改新框。本来我早就觉得花边的金框太富古典的装饰趣味，跟现代画格格不入。幸好梵高作品的新框不但抛弃了旧习，而且参考了梵高自己的意见。这又是勤于写信的好处了。

梵高对德拉克洛瓦的色彩见解十分倾倒，在完成初期的杰作《食薯者》之后，就依德氏之见，认定画面既然这么惨绿郁蓝，画框就该镀金。他把画寄给弟弟，吩咐暂勿装框，如要示人，只须在背后衬上黄褐色纸。这安排当然仍不脱古典品味。但是去阿罗后，他变了，认定橙色吃重的两幅《朗格鲁瓦之桥》应装宝蓝色的框子。他把圣瑞米时期的《柏树林与二女人》送给为他写评的青年艺评家奥里埃，吩咐他说，既然树色黛绿而天色浅蓝，就应装"十分单纯而平宜的亮橙色框架"。

展览场中的新框，最动人的是阿罗时期的《拉克浩丰收》。画面是晴日的平野，满田的熟麦金黄照眼，大气里充盈着宁静的幸福。画框是亢亮的橙红色，板条平直，确是上选。框边若是波动起伏就会干扰画中的平静。展览场刊用对照两页并列此画在旧框与新框里的色感。旧框是土黄色的木条，近于木质的原色，几乎和画面的麦田混在一起。但是同一张《拉克浩丰收》，放在橙红的框子里，一经反托，天就显得更亮蓝，田也显得更金黄，神气多了。

3

我和家人从纽约飞抵阿姆斯特丹的席波机场，是 7 月 10 日的清晨。在巴比松中心的黄金郁金香旅馆住定后，我立刻打电话给荷航总公司的公关主任封德林克。他不在国内，幸好行前已把我的事交代了秘书。一小时后，专差送来梵高大展的三张招待门券。我们立刻步行去国立梵高博物馆，从中午一直看到下午七点半，才带着满足的疲倦出来。梵高十年的心血，我只有一下午可以饕餮。三层楼的画廊加起来不过 500 米路，在我，却成了左顾右盼的山阴道，美不胜收。那一下午我心中的感触，多而且快，若要一起道来，可以成书一卷。以下只能记其著者。

不用说，有名的杰作前面，总是人头麇集。第一张吸引观众争睹的，是排在第七号的《食薯者》。梵高习画五年才成就此画，自许为第一张正式的油画，而以前的作品只能算是草稿。为了总结自己对农家生活的写照，他立意要完成这幅集体人像；但在正式成画之前，他试绘过很多张素描，有的是群像，有的是个像，最后，却是抛开他写生的真人，回到画室里凭记忆一挥而就的。梵高对此画十分重视，自认是去巴黎前的最好作品，不但常在信中提起，甚至在临终前的几个月，心里还有一股冲动，想把这情景再画一遍。在阿罗时期，他检讨新完成的力作《夜间酒店》，更与此画相提并论，说这些都是他"最丑的作品"。此地所谓的"丑"，当然是指反叛了传统美感。当日巴黎的画商曾评论道，此画的惨绿色调又像锈铜，又像肥皂。其实荷兰的传统原就习用浓重的褐色来反托少许的光，伦勃朗的画就往往如此。《食薯者》正是梵高荷兰时期的结论，也是一个告别手势，因为巴黎的七色光谱在喊他。至于我，早在二十几岁，第一眼见到此画便受其震撼，像面对一场挥之不去却又耐人久看的古魇。

梵高自称丑陋的另一幅画，是《农人艾思卡烈》。像中的老农夫穿着宽大的蓝衫，戴着阔边的草帽，虽然须发已白，目光却很有神。背景反托着蓝衫和浅柠檬的帽子，是一片暖厚的土黄色：那对照，正是普罗旺斯的天蓝与地黄。此画久为私人收藏，真貌难睹，所以倍觉珍贵。

农夫画像的右边是尺码相近的另两幅画像：《诗人巴熙》和《情人米烈》。这两幅画在阿罗时期，也就是一百零二年以前，早就并排挂在梵高黄屋子的卧室了。后来巴熙的像先入了网球场画廊（Calerie du jeu de paume），再入新建的奥赛博物馆（Musée d'Orsay），但是米烈的像终于被奥特罗的博物馆收藏。分开了这些年，同一只右手所生，当年那么亲近的"画邻"，不，"画胞"，终于重聚一壁。我常想，每一张名画跟人一样，都有一个曲折多变的故事。当初怎么诞生，怎么被遗在世上，怎么转的手，挂在怎样的房里，怎么换的框，怎么险遭不测，又怎么幸传到今；画若能言，娓娓道来，一定动人极了。

巴熙本非诗人，而是比利时的画家，当时住在阿罗附近。梵高本意要画一位诗人，并以但丁为典型。但丁面长而瘦，颧骨高，腭骨突，隆准鹰钩，和高更有几分相似。梵高原就佩服高更，因此有意用高更做模特儿，但是1888年9月高更还在法国北部，没有南下。巴熙三十三岁，看来有点但丁的味道，又有点像高更，正合梵高之用。卡莱尔在《英雄与英雄崇拜》里说但丁心中拥有无限，所以梵高就把画像的背景画成星空。他在信中说："在他脑后我画上无限，我给它一个单纯的背景，用最深厚最强烈的蓝色画成。"

至于米烈，乃是驻防阿尔及利亚的法军少尉，才二十五岁，比梵高小十岁。米烈年轻潇洒，很得女人欢心，所以梵高有意把他画成一个情人。但是他毕竟仍是军人，所以梵高画了他胸前佩着参加东京远征（Tonkin expedition）而获颁的勋章。画像右上角的新月抱星图案，则是米烈所属佐阿夫军团第三团的旗徽。这位青年军官的艺术观相当保守，因此梵高为他绘像时，不敢像处理那幅《佐阿夫兵》那么奔放，手法比较写实。他对梵高的艺术也评价不高；四十多年后，有位记者到他家去租房子，一眼就认出他的尖翘长髭；那时他已是退休的中校了，问起梵高送他的画像，则早已不知去向。梵高十分艳羡他的女人缘分，但是在信里对弟弟说："米烈艳福不浅，无论他要多少阿罗的女人，都能到手，可是他没有办法画她们；若是他做了画家呢，那就得不到她们。"

这三幅画像，农人、诗人、情人，从左到右一排，并列在墙上，吸引了不断的人潮。画中的来龙去脉、背景象征等，恐怕只有专家才知道，但是画中人的生命，尤其是透过灼灼的眼神，只要是敏感的观者，总逃不过的。爱上一张画，正如爱上一首歌，是直接的感受。事后才得知的背景、资料等，只能加强、加深那感受，却不能代替它。没有人能够仅凭注解就投入一件艺术品中。

这三幅人像都是1888年初秋在阿罗的作品，此时梵高的用色，无论是色彩的象征或众色的对照，都已成熟。三画并列，就可以看出不但前景的主色与背景的辅色相互辉映，其间还有一个中介的第三色作为对照。农夫的蓝衫衬着橘色的黄昏，又有皮肤的血色与领巾、袖口的朱红依违其间。诗人的黄衫背负着邃蓝的夜穹，却有绿发绿须来连接夜色与衫色。至于情人米烈，则以墨蓝的戎装反托黛绿的背景，色感浓密，却以艳红的军帽来突破那压力。那一片鲜明而多变的缤纷虹彩，远远望去，令人目醉而心迷，半天都不忍移步。

另一组人潮拥聚的名作，是主题相似而色感浅明的开花果园，前文已有略述。其中一幅《梨树开花》，清丽柔美，满溢着早春的气息，左下角写着"纪念莫夫"。那是1888年3月，梵高听到他的姐夫，也是他一生仅有的老师莫夫之死，便在画上题字签名，寄赠给莫夫的未亡人。其实两年之后他自己也就死了。生命苦短，梵高尤然，他不过晚走那么一步而已。

　　我一路看过去，苦了双腿，却餍足了眼睛，疲倦而且兴奋。大半的画我都熟悉，喜欢的程度却有差异，也有少数并非一见倾心。我停步在《星光夜》的前面，对着既非天文也非地理却是超凡入圣的宗教幻景，像是一场睁眼的美梦，又像是众神的嘉年华会；鲁宾说那是梵高患了惧高症的现象，果真如此，又是多壮丽的晕眩！光之旋涡一盘又一盘，如果是天国的奇迹，则坡上的柏树旋转向上，正是人间的祈祷。这幅画我初看并不喜欢，只觉得目迷心慌，有点难受，因为那时我拘于写实，未能脱俗。直到最近，才真正投入其中，并且认为它是梵高最饶象征心境的杰作，也是梵高后期画中一切星光月晕交辉的结论。

　　我向前巡礼，心中充满了感激，终于发现自己竟然置身于阿罗时期的三幅杰作之间。左边墙上挂的是《夜间酒店》，右边墙上是《露天咖啡座》，后面墙上是《黄房子》。这三幅代表作都画于 1888 年 9 月，正是梵高灵感勃发的全盛期。

　　《夜间酒店》无论在技巧上或主题上都堪称他的力作。他所追求的，是"一种只能用色彩来表达的象征语言"；草绿、赫赤、菊黄，三种强烈的主色在画面斗争，摩擦出高亢的噪音，连弹子台的阴影都显得燥热，令人不安。画面是一间通宵营业的酒店，专门招待住不起旅馆或者醉得旅馆拒收的夜游族。梵高认为这种地方不但是醉鬼和流浪汉的收容所，也是他这种失意画家放浪形骸的去处。他在给弟弟的信里说："在这种地方一个人会堕落发狂，不然便犯罪。"所以他要用极端的色彩来表现人类可怕的激情，并烘托出一种气氛，类似魔鬼的熔炉，氤氲着淡淡的硫黄。梵高不常在画上签名，但是在这幅画上不仅签了，还在"文森特"之下加注了《夜间酒店》四个字，足见他对此画有多得意。

　　《露天咖啡座》（*Café Terrace on the Place du Forum*）的气氛却大不相同。此

画作于梵高到阿罗的半年之后，和《黄房子》一样，都是他画该镇街景的最早作品。画的是晴朗的夏夜，咖啡馆外的平台上顾客正三三两两在桌前交谈，遮阳篷下溢满了暖黄的灯光。深巷里，一辆驿马车正沿着卵石街道辍辕驶来，巷口也走动着行人。巷底的夜色已浓，衬得人家的窗户里，橘色的灯火更加暖亮，而屋顶上的星光更加灿繁。那一簇簇星光，有的远如流萤，有的近如白蕊，纷然交辉，真给人隐隐闪动的视觉。这是梵高画的第一幅星光夜，虽然比不上次年5月那幅《星光夜》那么神奇壮丽，但是出手已自不凡，光晕之幻异迷离，抒情效果之饱满无憾，有若魔助。这时正是他黄色时期的开始。他勤习画论，也勤于试验色彩的组合，发现众色的冷与暖端在对照。在这幅夜景图中，遮阳篷下橘黄灯晕所以显得分外暖目动人，正赖四周或深或浅或整或散的蓝调来衬托。从深巷的蓝黑到卵石道的碎紫，益以窗扉的蓝条与门框的蓝边，梵高的布局实在不简单。在素描的草稿上，右上角原无树枝掩蔽。油画里加上了那一片绿荫，不但增加了纵深，也点明了季节。这时梵高也开始夜间作画，《露天咖啡座》正是夜间现场的写生。

《黄房子》也是画于此时。梵高住的是中间那栋黄房子的右半边，虽然5月已经起租，但是为了添置家具，直到9月才搬了进去。他对这黄房子期望很高，把它当成一座"艺术家之屋"（maison d'artiste），愿与其他画家共享。自从住进去后，凡他所画的一切作品，包括那一组《向日葵》，用意都在为黄房子装饰。他甚至把自己的卧室画了三次，可见眷恋之深。文森特苦于单身汉的流浪已久，真想定居南部，而以这黄房子为家；没有料到高更来后，两人因为性情和画观的差异，对立之势愈演愈烈，终于触动了文森特的发作。在进入圣瑞米的疯人院之前，文森特的黄房子之居只得七个多月。黄房子之中两大画家之争吵，在画面的两色对立里似乎已有预兆：酷蓝的天空之下，硫黄色的街屋和道路分外艳明，而文森特所住的那一栋，更以门窗的深蓝色与天色里应外合，对照的效果真是刚烈之极。

我站在这三幅名画之间，兴奋而感动，连呼吸都觉得十分名贵。三幅画是同一只右手所创作，生产的时间也很接近，都是 1888 年的 9 月，但百年后的归宿则天各一方，大展一结束立刻又要分手了，再聚，难道是 2090 年吗？《露天咖啡座》与《黄房子》分属奥特罗与阿姆斯特丹的博物馆，还在一国之内，可是《夜间酒店》要回到大西洋的对岸，挂回耶鲁大学的艺廊里去。

　　这《夜间酒店》的身世特别曲折，必须一述，梵高一生的作品全属于他的弟弟，但弟弟在哥哥死后半年也发疯死去，那许多画便悉由弟媳妇约翰娜保管。约翰娜不但忠于丈夫，也热爱文森特，对于促成文森特身后的画展，促进文森特身后的声誉，不遗余力。文森特的书信成捆成堆，她不但加以整理，而且把三分之二译成了英文。等到文森特的声誉渐起，她便把手头的 515 幅油画及成百的素描售去若干，一来为了养家，二来也为了推广文森特的艺术。就这么，1908 年在莫斯科的"金羊毛展"上，这幅《夜间酒店》卖给了莫洛若夫（J·A·Morozov），后来经莫斯科现代艺术馆收藏，终于又落入纽约的私人手中。再易手时，就为今日的耶鲁大学所有。

　　我的巡礼接近尾声，最后来到《嘉舍大夫》的面前。梵高为这位医生一共画了两张像，都是戴着白色的水手帽，穿着深蓝的外套，以右手支颐，左手扶桌，至于表情，则都有点愁眉苦脸，正如他在信中对高更所说，是"当代忧郁的面容"。梵高此画的风格不是写实，而是表情、写意，也就是高更标榜的所谓"综合主义"（Synthetism）。例如画的是同一个人物，穿的是同一件外套，脸色却有灰青与土黄之别，外套却有蓝黑与暗紫之异，甚至背后的山色、天色也明暗不同：可见画家的用意是心境的探讨，而非仅仅外貌的描摹。

　　第一张像在前景的桌上有两本书，还有瓶供的两枝指顶花。那两本黄皮的书，是法国自然主义作家龚古尔兄弟合著的小说《热米妮·拉绥德》和《玛莎特·沙洛门》，用来暗示荒凉可悲的现代。至于指顶花，又名毛地黄，却是提炼强心剂的原料，可以象征纾解和希望。到了第二张像里，那两本小说不再出现，而指顶花也不再供于瓶中，而是平放在桌上。梵蒂尔波格认为梵高之所以改变主意，是相信仅凭指顶花的安慰已经足够表达。何况画中人一手支腮而置书案头的构图，和《吉诺夫人》也未免太像了。

　　大展会场所挂的，是没有两本小说的第二张《嘉舍大夫》，借自巴黎的奥赛博物馆。至于第一张，原是私人所藏，已于5月中旬高价拍卖给日本的财阀了，否则也可以并展比较。

4

　　大展场中除了可以重温名作之外，还可以初睹不少罕见的"新画"，令人如得意外之财。那些"冷门画"当然不是什么新作，可是因为平常看不见，甚至也没有复印为之流传，就有新奇之感了。

　　画评家津津乐道梵高后期的杰作，正如诗评家特别重视叶芝的晚作。我却觉得梵高早年的作品，尽管没有后期的那么壮丽宏伟，却另具一种坚实苦拙之美，接近原始而单纯的生命，十分耐看。除了代表作《食薯者》之外，诸如《农夫与种薯的妇人》《农妇果蒂娜》《静物与〈圣经〉》等几幅也非常动人。

　　《农夫与种薯的妇人》开拓出春耕的宽阔景色，背景几乎空无一物，在浅苹果绿的天空下，一头棕白相间的花牛在前面曳犁而耕，一个农夫挥鞭掌犁跟在后面，而跟在他背后的农妇则穿着木鞋，低着头，弯着腰，一手扶着布袋，另一手则播苗入土。天地之间，一畜二人的行列与其单纯而有力的姿态，简直是农家生活的缩影，一首重复而又苦涩的村歌。

　　《农妇果蒂娜》，在宽阔的女帽下面露出浓眉大眼，隆鼻厚唇，除了一对单纯的耳环之外，毫无装饰，但是眸中满含活力，脸上泛出自然而焕发的光辉，那女性的动人之处，并不逊于雷诺阿姣好的淑女。

至于《静物与〈圣经〉》一幅，画于 1885 年 10 月，正是梵高父亲死后半年。反衬着漆黑的背景，桌上摊开一本厚重而有光彩的老《圣经》，旁边的烛台上有一截儿已熄的残烛，这些当然是悼念做牧师的爸爸。而与此对照的，是《圣经》下端的一本小书，黄色封面上的书名是左拉的《生之喜悦》，那便是影射他自己了。他对左拉此书的诠释是："若是认真生活，就必须工作而且担当一切。"如果我们细看那《圣经》，则翻开的地方正是《以赛亚书》的第五十三章，大意是说先知宣称，神的仆人将要到来，并受世人的鄙弃。这亦似乎是梵高对自己前途的担忧。

《亚历山大·瑞德》作于 1887 年春天，是巴黎时期所画。瑞德是苏格兰的画商，在巴黎结识了梵高兄弟。梵高为他画了两张像，一张是全身，另一张就是大展会场所挂，半身。这张半身像的表情，在端凝肃静之中略露不耐，相当传神，堪称佳作。瑞德自己却似乎不太喜欢此画，未曾保留，幸好目前归格拉斯哥的博物馆收藏。巴黎的两年是梵高的过渡时期，此画一望便知是采用了当时新印象主义的点画技巧，主要是红绿两色的斑点与短线织成。尽管如此，梵高的取法仍然笔势纵横，富于律动之感，不同于修拉所营的静态。画中人背后涌动的红潮，纯然是象征的写意，已经开始试验"光轮的波涡化"了。

给我更大惊喜的是一幅小号的海景，叫作《海上渔舟》，作于 1888 年 6 月。那是梵高定居普罗旺斯后的三个多月，他去阿罗西南方地中海岸的小渔村圣玛丽住了三天，结果画了九张素描，三张油画，十分兴奋。三张油画都是海景，其中《圣玛丽海滩的渔舟》画四条色彩鲜丽的渔舟拖靠在沙滩，另有四条由近而远则正在波上，十分有名，一般画册上常见翻印。这一幅是梵高国家博物馆自藏，在大展会场当然挂出。令我初见而乍喜的，是挂在它旁边的《海上渔舟》：因为

《海上渔舟》不但浪势奔放，色彩大胆，而且是从莫斯科的普希金博物馆借来，以前绝难看到。这《海上渔舟》共有两幅，另一幅只有渔舟三艘，但是浪势更开阔，线条与色彩更见活力，我更喜欢。会场所挂的这幅，远远近近的船多达十艘，错落有致；水平线提得很高，拍岸的浪脊卷得很长，浪头向右卷，而近船的帆尖向左翘，也对照得形成张力，仍颇耐看。两张《海上渔舟》都有 Vincent（文森特）的签名，显然画家自觉相当满意。

另一幅令行家喜出望外的杰作，是《绿葡萄园》。画面是一个晴朗的秋日，满园的葡萄正待秋收，虽有马曳的拖车等在田里，摘工却未见忙碌，倒是几位妇人衣裙翩然，持着艳红的阳伞在畦间穿行，像是趁着秋晴出来散步。那一片富足而踏实的满足感，令人联想到更旷远更安详的《拉克浩丰收》，可是这幅《绿葡萄园》另有股生生不息的活力，强烈地鼓动着我。隔着开阔的地平线，长空变幻的互影与大地葡萄藤纵横的走势互相呼应，主宰了整个画面的节奏。蟠蜿强劲的枝藤，挟着黛绿与青紫的丛叶，覆盖了全部的前景，但枝叶疏处又任其大片地留白，真是奇观。梵蒂尔波格说，疏处见白，乃是沙地，又说这种不计写实后果的笔法，乃是师承法国画家蒙蒂塞利。就算是沙地吧，但其用色之淡浑似无物，所以觉得满园的枝藤都像虚悬而架空，视觉效果非常奇特。

《绿葡萄园》之所以引人注目，另一原因是由于《红葡萄园》是它的姐妹作。梵高生前只卖掉一幅油画，便是他死前四个月送去布鲁塞尔"二十人画展"参展的《红葡萄园》，售价四百瑞士法郎，买主安娜·巴熙正是梵高为之画像的诗人巴熙之妹，本身也是画家。梵高的一切传记甚至简介里，一定会提到这幅《红葡萄园》，但是谁也没有见过此画，连画册上也从未复印。《绿葡萄园》作于1888年10月，《红葡萄园》作于同年11月初，成为梵高试验色调对比的姐妹作。他对两幅作品相当重视，而且每每相提并论，甚至有意把这主题变奏成组画，可惜关进了圣瑞米病院之后，附近不见葡萄园，便作罢了。原来《红葡萄园》辗转卖去了苏联，今日藏于莫斯科的普希金博物馆，不知何故，这次大展却未借出。

到了奥维时期，通常认为梵高已呈才竭之象，其实不然。除了《奥维教堂》《嘉舍大夫》《麦田群鸦》等杰作之外，他在这十个星期中完成的七十幅油画里，仍有一些风格独造之作。大展场中所见的《奥维古堡》便是一例。梵高绝少绘画古迹，这幅画里的古堡也只是树影背后的远景。画面呈现的，主要是黄昏降临的暮色，由满天金灿灿的晚霞和背光的树影对比形成，色调十分逼真。一条村道从前景没入远方，迎着夕照，路面也有淡幻的反光。整幅画面那种逡巡欲逝的夕暮感，强烈祟人。这时离他的死期已不足两个月，真可视为他生命的回光返照了。

另一幅耐看的奇画距他的死期更近，就是挂在《麦田群鸦》旁边而主题也相近的《阴云下的麦田》。梵高在信中告诉他弟弟说，这一组画都是"不安的天色下开阔的麦田"，而他要表现的是其间的"不快与极端寂寥"。这幅画的形象与色调极其单纯也极其有力：天色蓝得沉重而迟滞，冷漠地面对着浅黄淡绿的旷野，上上下下都是空的，中间也没有任何动静。没有演员也没有故事，这空洞的戏台是设给神看的还是人看的呢？寂寞的主题呈现得如此原始而单纯，已经近乎抽象画了。《阴云下的麦田》富于朴素之美，是梵高末期的特异之作，允当与《麦田群鸦》并列而无愧。大展场中，我在远处只消一瞥，就断定这是一幅奇画，立刻列入我的上选之中。

5

梵高逝世百年大展由荷兰的两所国立博物馆联合举办，不但设计周详，内容丰富，能够教育观众，同时便利专家，即连附带的服务项目也做得有声有色，可补大展本身之不足。以博物馆楼下的贩卖部为例，观众看过楼上的展品，若感意犹未尽，大可进去采购一番。各式各样的复制品，或是大幅的单张，或是小幅的卡片，或是选辑成画册，或是做成了幻灯片与录影带，或是设计成夺目的海报，来满足观众不同的需要。如果要更深入研究，当然还有许多专书可供挑选。仅传记一项，在斯通的《梵高传》之后，至少就有半打以上的新著，用各国文字写成，可供参考。我买了英国作家史维曼（David Sweetman）1990 年刚出版的梵高新传《博爱万物》（*The Love of Many Things*），迫不及待，就先读了它的末章，对梵高身后声名如何渐起、作品如何转手，特别注意追踪。馆方为大展编印的两大册目录，我当然不会错过，立刻买了；回到高雄一称，足足有七磅重。至于 1980 年纽约出版的胡尔斯克所编《梵高油画素描速写全集》（Jan Hulsker, *The Comlete Van Gogh : Paintings, Drawings, Sketches*）卷帙更加浩繁沉重，我就只好颓然放弃了。

梵高的素描代表作 248 幅，同时在国立克洛勒 – 穆勒博物馆展出。馆在阿姆斯特丹东南约九十千米的小镇奥特罗，深入林间，风景优美。我们三人专程去观赏了一个下午，对克洛勒 – 穆勒夫人搜购梵高作品的苦心不胜钦敬，对梵高素描用功之勤、探讨之深，益增了解，更加领悟他的成就绝非幸致。但这些说来话长，只好留待下一篇文章了。

1990 年 10 月

附　录

译名表

人　物

1 维尔敏娜　Willenmina Jacoba van Gogh

2 德拉克洛瓦　Eugène Delacroix

3 米勒　Jean-François Millet

4 伦勃朗　Rembrandt Harmenszoon van Rijn

5 文森特　Vincent

6 皮士　Murray Pease

7 西奥　Theo van Gogh

8 弗洛伊德　Sigmund Freud

9 爱修拉·罗叶　Eugénie Loyer

10 安东·莫夫　Anton Mauve

11 劳特累克　Henri de Toulouse-Lautrec

12 高更　Paul Gauguin

13 修拉　Georges Seurat

14 塞尚　Paul Cézanne

15 杜米埃　Honoré Daumier

16 奥里埃　Albert Aurier

17 嘉舍大夫　Dr. Paul Fernand Gachet

18 约翰娜　Johna

19 梵哈巴　Van Rasard

20 贝尔纳　Emile Bernard

21 多雷　Gustave Doré

22 德格鲁特　De Groot

23 鲁宾　Rubin

24 夏皮罗　Meyer Schapiro

25 霍夫曼斯塔尔　Hugo von Hofmannsthal

26 马蒂斯　Henri Matisse

27 德兰　André Derain

28 弗拉曼克　Maurice de Vlaminck

29 诺尔德　Emil Nolde

30 贝克曼　Max Beckmann

31 柯克西卡　Oskar Kokoschka

32 恩索尔　James Ensor

33 蒙克　Edvard Munch

34 苏丁　Chaim Soutine

35 彼得森牧师　Reverend Peterson

36 克里斯汀·克拉希娜·玛利亚·霍尼克 (Sien)　Christien Clasina Maria Hoornik

37 文森特·海格曼　Vincent Haggerman

38 费尔南德·柯尔蒙　Frenand Cormon

39 阿戈斯蒂娜·塞加托里　Agostina Segatori

40 简妮　Geogres Jeannin

41 科斯特　Ernest Quost

42 蒙蒂塞利　Adolphe Monticelli

43 亨利·德·格鲁士　Henry de Groux

44 皮埃尔·洛蒂　Pierre Loti

45 路易斯·范·提伯格　Louis van Tilborgh

46 杜比尼　Charles-François Daubigny

47 贾可梅蒂　Alberto Giacometti

图书在版编目（CIP）数据

余光中讲梵高：追寻生命 / 余光中著；(荷) 文森
特·梵高绘. -- 北京：北京联合出版公司, 2019.1 (2019.6重印)
　　ISBN 978-7-5596-2822-0

　　Ⅰ. ①余... Ⅱ. ①余... ②文... Ⅲ. ①散文集—中国
—当代 Ⅳ. ①I267

　　中国版本图书馆CIP数据核字(2018)第265622号

余光中讲梵高：追寻生命

项目策划　紫图图书ZITO®
监　　制　黄 利　万 夏
著　　者　余光中
绘　　者　[荷]文森特·梵高
选题策划　阅享文化
责任编辑　昝亚会　夏应鹏
特约编辑　曹莉丽　孙 建　李 凯
装帧设计　紫图装帧

北京联合出版公司出版
（北京市西城区德外大街 83 号楼 9 层　100088）
天津联城印刷有限公司印刷　新华书店经销
180千字　710毫米×1000毫米　1/16　18.5印张
2019年1月第1版　2019年6月第3次印刷
ISBN 978-7-5596-2822-0
定价: 99.00元

I dream my painting, and then I paint my dream.

我梦见了画，然后画下了梦。

—— Vincent van Gogh